KB149508

지나간 시간에
안부를 묻다

지나간 시간에 안부를 묻다

초판인쇄 2021년 11월 09일
초판발행 2021년 11월 15일

지은이 홍미영
발행인 조현수
펴낸곳 도서출판 프로방스
마케팅 최관호
IT 마케팅 조용재
교정교열 권 표
디자인 디렉터 오종국 Design CREO

ADD 경기도 고양시 일산동구 백석2동 1301-2
넥스빌오피스텔 704호
전화 031-925-5366~7
팩스 031-925-5368
이메일 provence70@naver.com
등록번호 제2016-000126호
등록 2015년 06월 18일

정가 15,000원
ISBN 979-11-6480-168-8 03810

인생의 사계절

지나간 시간에
안부를 묻다

홍미영 지음

프로방스

Prologue
프롤로그

"나를 스쳐 간 모든 추억에 따뜻한 안부를 전한다"

자꾸 지나간 세월을 뒤돌아보게 된다. 아득한 그리움과 아쉬움의 교차 지점에서 멈춰 서곤 한다. 뒤를 돌아보는 공허함의 크기만큼 그리움은 낙엽처럼 차곡차곡 쌓인다.

참 바쁘게 살아왔다. 내 소중한 것들을 지나간 세월 속에 모두 다 내어준 줄 알았다. 하지만 중년의 인생길에 들어서서야 비로소 내 인생을, 지나간 세월 속에 내어준 것이 아님을 조금씩 알아간다. 어쩔 수 없이 보지 못하고 지나친 것들, 어려움 속에서 만났던 것들, 내게 환한 웃음을 남겨 주었던 것들, 그 모든 것은 결국 내 인생이었다.

그 모든 것은 추억이고, 그리움이고, 모두가 다 내 삶이었다는 것을.

내 안에서 추억이라는 집을 짓고 사는 또 하나의 인생이었다는 것을.

삶에서 아련한 그리움조차 없다면 이 세상은 참 삭막할 것이다. 이제는 기억하는 것보다 잊어버리는 일이 더 많아짐을 느끼면서 살아간다. 물질보다 내 영혼 속의 아련한 추억이 더 소중하게 느껴지는 지금, 이 시간이 정말 감사하다.

내 유년 시절의 추억들을 한 권의 에세이로 담아 두고 싶었다. 오래도록 기억되고 추억하고픈 시간, 그 추억들은 아직 내 고향 곳곳에, 내 마음 곳곳에 살아 있다.

성인이 되고, 결혼하고, 부모가 되면서 행복했던 시간, 희로애락으로 가득했던 일, 참으로 많은 시간을 보내며 인생의 중반부에 들어섰다. 뒤돌아보면 모든 것들이 소중하고 아름답다.

넉넉하진 않았지만, 따뜻한 인정과 사랑이 가득하던 그 시절, 추억 속에서 만나는 행복감은 모든 순간에 감사한 마음을 갖게 한다. 그리운 가족과 친구들의 목소리가 들려오는 것 같다. 나를 스쳐 간 모든 추억에 따뜻한 안부를 전하고 싶다.

2021년 10월에...

지은이 홍미영

Contents

차례

〈제2장〉 여름처럼 시원했던 추억

〈제3장〉 가을처럼 익어가는 성숙의 단상

〈제4장〉 겨울속의 아스라한 기억

〈제1장〉

봄 햇살같이 따뜻했던 날들

01

아버지와 빨간 양말

별빛이 쏟아져 내리는 밤하늘은 온통 검은 어둠으로 가득했다. 태어나서 처음으로 찾아가는 할머니 댁은 아득하고 멀게만 느껴졌다. 낯선 모습, 낯선 거리, 생전 처음 보는 풍경은 여섯 살 산골 소녀의 눈을 휘둥그레 놀라게 했다. 나는 아버지의 손을 꼭 움켜쥐었다.

"아버지, 할머니 댁은 아직 먼 거야?"

"이제 조금만 가면 된다."

기차를 타고 한참을 왔는데도 또 버스를 타고 가야 한다는 아버지 말씀에 배가 고팠다.

"아버지, 배고파요."

네모 모양의 집처럼 생긴 버스는 사람들을 가득 태우고 달리고 있었다. 노랗게 부서지는 버스 불빛에 눈이 부셨다. 버스는 덜컹거리며 비포장도로를 달렸다. 의자에 앉아있는 사람들도 함께 덜컹거렸다. 양쪽 길가에 길게 늘어선 가로수 나무들이 일제히 버스를 향해 쓰러지는 것 같았다. 순간 '으악' 소리를 내며 두려움에 두 눈을 감고 아버지의 옷자락을 꼭 잡았다.

"아버지, 무서워요. 길가 나무들이 모두 차 안으로 들어와요."

"괜찮다, 괜찮아."

"저기 불빛이 많이 모여 있는 곳 보이지? 저기에 할머니 댁이 있단다."

고개를 들고 차창을 내다보니, 군데군데 민들레꽃 무리가 피어 있는 것처럼, 노란 불빛이 환하게 반짝이고 있었다.

한참을 그렇게 덜컹덜컹 달리고서야 버스는 터미널에 섰다. 터미널 주변에 여러 가게가 보였고, 곳곳에 불빛이 가득했다. 옷가게, 음식 가게, 양말 가게가 즐비한 시장 골목길에는 전구가 대롱대롱 매달린 채 환한 빛을 내고 있었다. 그렇게 많은 불빛을 본 건 태어나서 처음이었다. 그 눈 부신 불빛과 시장의 모습이 너무 신기해 눈을 뗄 수가 없었다.

아버지는 내 손을 꼭 잡고 옷가게 안으로 들어갔다. 도톰한 빨간 양말을 한 켤레 사서 손수 내게 신겨 주셨다.

"앉아 봐라. 새 양말로 갈아 신고 할머니 댁에 가자."

빨간 새 양말을 신은 발은 부드럽고 따뜻했다. 처음 신어보는 색깔 고운 빨간색 양말이 마음에 쏙 들었다. 양말을 신고 폴짝 폴짝 뛰면서 빨간 양말 신은 발을 이리저리 보며 좋아했다.

"이 길을 쭉 따라 내려가면 할머니 댁이다."

그날 밤 그렇게 강원도를 떠나 아버지 손을 잡고 할머니 댁으로 향했다. 갓난아기인 여동생과 언니들은 먼저 할머니 댁으로 출발한 상태였다. 엄마와 언니들과 여동생이 너무 보고 싶었다. 아버지 팔에 매달려 토끼처럼 깡충깡충 뛰며, 할머니 집을 향해 밤길을 걸어갔다. 처음으로 예쁜 빨간 양말을 신은 날, 처음 할머니 댁에 간 날이기도 하다.

그렇게 따라 내려간 할머니 댁에서 나의 유년 시절은 시작되었다. 그곳 운천에서 부모님도 한세상을 사셨고, 우리 육 남매도 유년 시절을 보냈다. 초등학교, 중 · 고등학교를 고향에서 보내고, 이제 나는 그 시절 부모님보다 더 나이가 많은 중년이 되었다. 그리고 이제 그곳은, 떠나온 지 오래된 고향이 되었다. 부모님이 잠들어 계신 곳, 어린 시절 추억이 가득한 그곳, 내 고향.

낯선 어둠이 흘러내리는 밤길을 처음 버스를 타고 달려온 나의 제2의 고향. 아버지께서 사주신 빨간 양말을 신고 어두운 밤길을 걸어가던 그날 밤. 노란 불빛이 반짝이던 양말 가게, 빨간 양말을 사서 내 발에 손수 신겨 주시던 아버지, 그날 밤 따뜻했던 아버지의 따뜻한 손길이 오늘따라 유난히 더 그립다.

02

물난리의 기억

장맛비가 세차게 내리고 있다. 기상이변에 따른 최장 장마가, 올여름 전국을 순식간에 물바다로 만들었다. 그동안 기후변화를 먼 나라 얘기로만 알았던 국민에겐 큰 충격이 아닐 수 없다. 연일 내리는 빗줄기를 보고 있으니 어린 시절 물난리의 기억이 떠오른다.

내가 살던 동네는 개울에서 멀지 않은 작은 마을이었다. 그 당시에는 해마다 비가 많이 내려 홍수가 자주 났다. 그 해도 비가 많이 내려 동네에 물난리가 났다. 동네 개울에 물이 차 소와 돼지들이 속수무책으로 떠내려갔다. 빗물이 마루까지 차올라 집안 곳곳에 물이 스며들어오고, 천정에도 비가 줄줄 샜다. 양동이를 집안 곳곳에 받혀 놓았다. 물이 어른들 허벅지까지 차올랐다. 동네 어른들은 모여서 개울물이 마을을 뒤덮을까 노심초사

분주하게 움직이셨다. 어머니는 그 비를 다 맞으며 물에 둥둥 떠다니는 세간을 자루에 담아 방으로 끌어 오셨다. 세간을 하나라도 더 건지기 위해, 허리까지 차는 거센 물속에서 이리저리 다니셨다. 방 안에서 겁에 질려 떨고 있는 우리 세 자매에게 절대 밖으로 나오면 안 된다고 신신당부를 하셨다.

비가 더욱 거세게 내리자, 어머니는 보자기에 옷가지와 이불을 싸 주셨다. 그러고는 윗동네 사시는 할머니 댁으로 얼른 가라고 하셨다. 그나마 윗동네는 지대가 높아 홍수가 나도 우리 동네보다는 피해가 적었다. 언니가 초등학교 4학년, 내가 초등학교 2학년, 바로 밑에 여동생이 세 살이었다.

어린 마음에도 엄마가 걱정되어 발길이 떨어지지 않았다.

"엄마는 안 가? 엄마도 같이 가."

물에 흠뻑 젖은 엄마의 옷자락을 잡아당기며 울먹였다.

"엄마는 좀 있다 올라갈 거니까 언니들과 동생 잘 데리고 할머니 댁으로 가."

폭우에 다 찢어진 비닐 비옷을 입은 채, 얼굴과 머리에서 빗물이 뚝뚝 떨어지던 어머니 모습에 눈물이 났다. 이불과 옷이 든 보따리를 들고, 어린 동생 손을 잡고 할머니 댁으로 향했다. 물살을 가로지르며 집 쪽을 자꾸 뒤돌아보며 걸어가던 때가 생각이 난다.

긴 장마가 끝나고 해가 나면 동네는 전쟁터 같았다. 수많은 세간이 온 동네를 뒤덮은 것처럼 널려있었다. 옷과 이불, 책가방, 빗물에 젖어 퉁퉁 불어 누렇게 된 교과서, 곳곳에 쓰레기가 산더미처럼 쌓여 있었다. 언니와 나는 부엌으로 들어가 바가지로 물을 퍼냈다. 부엌까지 찬 누런 흙물과 뒤섞인 빗물은 쉬지 않고 퍼내도 끝이 없었다. 고단했던 여름은 해마다 그렇게 요란스럽게 지나갔다. 정신없던 물난리의 시름을 잊을만하면 나이 한 살을 더 먹으면서 여름과 함께 무서운 홍수는 다시 찾아왔다.

어머니가 처음으로 장날, 샌들을 사 주셨다. 반짝이는 은색 펄이 가득 들어간 마음에 쏙 드는 예쁜 샌들이었다. 샌들 끈이 떨어질까 봐 아까워서 신지 않고, 보관해 둘 때가 더 많았다. 어느 날 샌들을 신고 길을 가다가 움푹 파인 좁은 구덩이에 한쪽 발이 빠졌다. 공간이 너무 좁아 혼자서는 발을 뺄 수가 없었다.

"내 신발, 내 신발이 빠졌어요."

하고 소리치며 울었다. 지나가는 아저씨가 옆에 돌을 들어낸 후에야 겨우 발을 뺄 수 있었다. 발을 빼자마자 얼른 신발을 들고 흙을 털며 이리저리 살펴보았다. 신발이 망가지지 않은 것만으로도 기뻤다.

"에구, 이 녀석아, 발은 괜찮냐? 그깟 신발이 무슨 대수라고."

상처가 난 발에서 피가 나고 있었지만, 그깟 정도야 아끼는 샌들에 비하면 아무것도 아니었다.

그런데 그 해 또 물난리가 났다. 마당과 대문 앞 골목까지 물이 가득 찼다. 하필 아끼던 그 은색 샌들이 대문 앞 물이 가득 찬 골목으로 둥둥 떠내려가고 있었다.

“언니, 내 신발 떠내려간다.”

크게 소리를 질렀다. 나 보다 키가 큰 언니가 얼른 한 짝은 잡았지만, 한 짝은 잡지 못하고 떠내려 보냈다. 누런 흙탕물 위로 둥둥 떠내려가는, 어머니께서 처음 사주신 은색 샌들을 보며,

“내 신발, 내 신발!”

하고 소리치며 엉엉 울어 버렸다. 남은 샌들 한 짝을 못 버리고, 한참을 갖고 있었던 기억이 새록새록 떠오른다.

빗줄기가 더 굵어졌다. 우리나라가 평균 기온이 1.8도나 상승한, 거대한 기후변화의 소용돌이 한가운데 위치했다는 뉴스가 나온다. 장마 피해만큼이나 무서운 소식이다. 오늘 같은 날은 어머니 생각이 더욱 간절하게 난다. 비가 많이 올 때면 어머니는 자식들이 전화하기도 전에 먼저 당부 전화를 하셨다.

“몸조심해라, 감기 조심해라, 우산 갖고 다녀라”

오래전 추억에 잠겨있다 보니 어머니께서 전화 한 통 걸어 주실 것만 같다.

“비 온다, 빨래 걷어라.”

친구와 놀다가도, 어머니의 목소리가 들리면 달음질쳐 집으로 달려가던 골목길. 비 맞을세라 마당에 걸린 빨래를 정신없이 걷어 들여놓던 일, 널어놓은 고추 비닐을 질질 끌고 처마 밑으로 끌고 가던 일. 하염없이 내리는 비와 함께, 마음은 어느새 시골집 마당에 가 있다.

03

한탄강의 추억

초등학교 시절, 집 가까이에 한탄강이 있었다.
"한탄강에 다슬기 잡으러 가자."
"와! 신난다!"
아버지가 자루와 그릇을 챙겨 준비하시면, 나는 자전거를 탈 생각에 마음이 들떠 마당을 뛰어다녔다. 아버지는 동네에서 자전거를 잘 타기로 유명했다. 쌩쌩 바람을 가르며 달리는 아버지의 자전거를 타는 일은 정말 신나는 일이었다. 자전거를 타고 버드나무가 길게 늘어선 신작로 길을 달리면 콧노래가 저절로 나왔다. 이마에 흐른 땀이 순식간에 모두 사라지고 옷 속으로 시원한 바람이 가득 들어왔다. 아버지 허리를 꼭 잡고 뒤에 매미처럼 붙어서 눈을 감고 있으면, 어느샌가 한탄강에 와 있었다.
아버지는 바지를 무릎까지 걷어 올리시고 조금 깊은 곳으로 걸어 들어갔다. 행여 내가 큰 돌을 들다 손을 다칠세라 물가 끝에 있는 돌을 한꺼번에 여러 개 뒤집어 주셨다. 나는 물가에 발을 담그고 앉아 풍덩풍덩 물장구를 쳤다. 하얀 거품을 일며 퍼져나가는 물살에 마냥 신나기만 했다. 돌 위에 새까맣게 다닥다닥 붙어 있는 제법 큰 달팽이의 모습도 내겐 신기했다. 아버지는 조금 떨어진 곳에서 다슬기를 잡고 계셨다. 물속에 손을 뻗어 모래를 한 움큼 쥐고 조심스럽게 살랑살랑 손을 흔들면, 모래는 다 빠져나가고 손바닥 위엔 새카맣고 큼직한 다슬기 서너 마리가 남아 있었다.

"절대, 거기서 한 걸음도 걸어 들어오면 안 된다. 큰일 난다. 가만히 앉아 있거라."

행여 내가 깊은 물속으로 들어갈까 봐 아버지는 신신당부하셨다. 다슬기를 잡기 위해 고개를 숙이는 것보다, 딸을 바라볼 때가 더 많았다. 다슬기 잡는 중간중간에도 확인하며 다슬기를 잡았다. 물장구를 치고 놀다가 아버지를 바라보면 걱정스러운 눈빛으로 나를 바라보고 계셨다. 당시 한탄강은 다슬기가 워낙 많은 곳이라 짧은 시간에도 많이 잡을 수 있었다.

"여기 가만히 앉아 있거라!"

다슬기는 잡지 않고 물장구치며 노는 일에만 열중했다. 아버지는 그릇을 들고 강 주변을 오가며 다슬기를 잡았다. 손마디만

한 다슬기가 순식간에 그릇에 수북하게 쌓였다. 물장구만 치며 놀았지만, 집에 돌아오자마자 엄마에게 다슬기가 든 자루를 흔들며 큰소리로 자랑을 했다.

“엄마, 이거 봐 봐. 다슬기 내가 엄청 많이 잡았어.”

하며 자랑했다. 그러면 아버지는,

“그렇지, 우리 이쁜 딸이 다 잡았지.”

하시며 허허 웃으셨다.

어머니는 된장을 풀어 맛있게 다슬깃국을 끓여서 저녁상에 올렸다. 잘 익은 다슬기는 국물이 잘 빠지게 채반에 건져놓았다. 구수한 다슬깃국을 큰 대접에 한 그릇씩 넉넉하게 담아 주셨다. 국물에 밥 한 공기를 말아 김치와 함께 먹으면 밥도둑이 따로 없었다.

저녁을 먹고 나면 어머니는 미리 건져놓은 다슬기가 든 채반을 평상 가운데 올려놓았다. 밝은 달빛이 마당에 펼쳐있는 평상 위를 대낮처럼 환하게 비춰주었다. 어머니가 바늘 한 개씩 나눠주면 형제들과 마당 평상에 둘러앉아서 다슬기를 까먹었다. 바늘로 살을 꼭 누르고 다슬기를 한 바퀴 돌리면 도르르 살이 쏙 빠져나왔다. 살이 잘 나오지 않는 다슬기는 끝부분을 오독 깨물어서 힘껏 빨면 고소한 속살이 쏙 빠져나왔다. 그때 다슬기 살을 씹는 고소함은 뭐라 표현할 수 없을 만큼의 맛이었다.

어린 마음에도 온 가족이 둘러앉아 아버지와 내가 잡아 온 다슬기를 맛있게 먹는 모습이 보기 좋았다. 평소 땀을 많이 흘리던 아버지는 밥 한 그릇을 다 드시고는,

"아, 좋구나!"

하시며 수건으로 이마의 땀을 닦았다.

"많이들 먹어라. 다음에는 더 많이 잡아 오마."

우리 형제들이 다슬기 까먹는 모습을 옆에서 흐뭇하게 바라보던 부모님의 모습이 생생하게 떠오른다.

가끔 형제들과 만나 어머니의 음식을 이야기하면, 다슬깃국 이야기를 빼놓을 수 없다. 물론 평상에서의 다슬기 속살을 빼먹던 맛은 이룰 말할 수도 없이 일품이었다고 입을 모아 말한다. 그 어떤 화려하고 값비싼 음식이라도, 온 가족이 달빛 아래 평상 위에 옹기종기 앉아 정을 나누며 까먹던 다슬기를 대신할 수는 없을 것이다. 가끔은 궁금해진다. 지금도 한탄강가에는 다슬기가 그때처럼 많이 있을까? 여름날 밤, 평상을 비추던 그 달빛은 아직도 고향에 살고 있을까? 물속의 모래를 한 주먹 쥐던 그 작은 손은 이제 세월 속에서 어른 손이 되었다. 하지만 여전히 내 손엔 그 시절 다슬기를 잡던 추억이 곳곳에 새겨져 있다.

04

산나물 뜯던 날

봄나물이 한창일 즈음, 특히 봄비가 한바탕 내리고 난 후엔 앞산에 산나물이 키가 껑충 크게 올라와 있다. 그때가 되면 아버지는 지게와 큰 자루, 벤또를(도시락을) 챙겨서 산나물을 뜯으러 가곤 했다. 봄에 뜯은 나물을 삶아 햇볕에 말리면 맛있는 나물 반찬으로 일 년 내내 먹을 수 있는 귀한 먹거리였다. 해가 뜨기 전에 일찍 빈 지게를 지고 산에 올라간 아버지는, 해가 넘어갈 즈음이면 산나물이 가득 든 자루를 지고 왔다.

아버지가 산나물을 뜯으러 가는 날이면, 나는 산에 따라간다고 고집을 피웠다. 같이 가서 산나물을 엄청 많이 뜯어 온다며 호들갑을 떨었다. 하지만, 아버지는 내가 산에 따라나선다고 할 때마다 고개를 저었다. 나를 데리고 산나물을 뜯으러 가는 날은 허탕 치는 날이 더 많았기 때문이다. 그걸 잘 아는 어머니는

"또 꾀부리고 금방 집에 온다고 할 거면 아예 따라나서지도 말아라."

고 한 소리 하셨다.

"산나물은 뜯지도 않고 지난번처럼 산에 가서 밥 먹자마자 집에 가자고 하면 안 된다. 다시는 안 데리고 갈 거야."

아버지께서도 매번 철없는 딸에게 다짐을 받았다. 그럴 때면 나는 새끼손가락을 흔들며 단호하게 말했다.

"저 큰 자루에 산나물을 가득 채울 때까지, 절대로 집에 온다는 말 안 할 거야. 약속!"

산으로 올라가는 산길은 후덥지근했다. 비가 온 후라 그런지 이마와 등에 땀이 주르륵 흘러내렸다. 산 중턱에 올라가면 맑은 샘물이 흐르는 곳이 있었다. 물이 맑고 깨끗해서 가재들이 많이 살았다. 졸졸 흐르는 샘물을 두 손으로 받아 마시면 머릿속까지 시원해지는 느낌이었다. 산나물을 뜯는 일보다, 샘물가에 앉아서 맑은 물속에서 헤엄치고 노는 가재들을 보는 게 더 재미있었다. 나는 산나물은 생각하지도 않고, 물속에 발을 담그고 가재를 잡는 재미에 푹 빠져있었다. 아버지께서 저 위로 더 올라가야 나물이 많다고 하시며 그만 올라가자고 하시면,

"아버지, 난 여기서 놀고 있을래. 다리 아파."

"그럼 저 위에서 금방 뜯고 올 테니까, 절대 다른 곳에 가지 말

고 놀고 있거라."

신신당부 후 걱정스러운 표정으로 아버지는 혼자 산 위로 올라가셨다. 하지만 딸을 혼자 두고 가신 아버지는 땀범벅이 되어 이내 금방 뛰어 내려왔다.

"아버지, 배고파, 밥은 언제 먹어?"

"온 지 얼마나 되었다고 그새 배가 고프냐?"

배고프다는 나의 성화에 산에 올라온 지 얼마 되지 않아 벤또를 꺼냈다. 반찬이라고는 김치, 고추장, 풋고추, 장아찌 등 찬밥이 전부였지만, 산에서 먹는 밥맛은 그야말로 꿀맛이었다. 거기다가 졸졸 흘러 내려오는 샘물을 벤또 뚜껑으로 하나 가득 받아서 마시면 배가 불룩, 기분이 좋아졌다.

"이제 밥도 배부르게 먹었으니, 얼른 아버지랑 저 위로 올라가서 산나물 뜯자."

하지만, 배도 부르고 가재도 실컷 본 나는 더는 산에 있기가 싫어졌다. 슬금슬금 또 꾀가 발동하기 시작했다. 산나물은커녕 온몸에 땀이 줄줄 흘러내리는 산속을 벗어나 그만 집에 가고 싶다는 생각만 들었다.

"아버지, 덥고 힘들다. 나 그만 집에 갈래."

"산나물은 조금밖에 못 뜯었는데 또 벌써 집에 가자고 하면 어떻게 하나? 참 나!"

산에 올라가서 맛있게 밥을 먹고 나면 늘 집에 오고 싶어졌다. 아버지께서 알려주시는 산나물에는 관심도 가지 않았다. 빨리 산에서 내려가서 친구들과 놀고 싶은 생각만 들었다. 아침에 집에서 나올 때 부모님이 당부하신 말씀과 약속은 까맣게 잊어버렸다. 조금 더 뜯고 가자는 아버지 말씀에 두 발을 구르며 투정을 부리고 조르기 시작했다.

"아이, 아버지, 집에 가자. 내일 또 오면 되잖아."

깊은 산속에서 나를 혼자 내려보낼 수 없는 아버지는 난감한 표정을 지으시며,

"에고, 이 고집쟁이 녀석 또 시작이네. 오늘도 허탕이다."

아버지가 산에 가신다고 하면 왜 그렇게 따라나서는 걸 좋아했는지 모르겠다. 아버지도 나를 데리고 산에 가시는 게 싫지 않으셨는지, 고개를 저으면서도 데리고 다니셨다. 그렇게 매번 내가 아버지를 따라 산나물을 뜯으러 산에 가는 날은 허탕을 치고 오는 날이 많았다. 다른 사람들은 서너 시간 후면 산나물이 가득 든 지게를 지고 산에서 내려올 것이다. 그렇게 허탕을 치고 집으로 돌아가는 길, 하지만 아버지는 산나물이 가득 든 자루가 아닌, 철부지 딸을 지게에 지고 산에서 내려왔다.

가끔 동네 산에 오르면 잔디 싹, 곰취, 고사리, 원추리 등 익숙한 산나물이 곳곳에 보인다. 나물은 안 뜯고 꾀를 부리고 놀기

만 한 개구쟁이였지만 몇 가지 산나물은 친근하게 추억이라는 이름으로 눈에 들어온다. 내 바로 위의 언니는 함께 산에 오르면 금세 산나물을 한 움큼 뜯어온다. 나는 아버지와 산나물을 뜯으러 산에 많이 다녔지만, 산나물은 잘 뜯지 못한다. 산나물을 뜯는 일보다 아버지와 봄 산에 올라 산속에서 벤또를 먹었던 기억이 더 선명하게 남아있다.

여름이면 아버지와 함께 산나물을 뜯으러 산길을 올라갔던 추억에 젖곤 한다. 그 시절을 추억하며 많은 대화를 나누기도 전에 아버지는 너무 일찍 하늘나라로 가셨다. 어린 딸을 산속 샘가에 두고, 걱정되어 정신없이 산길을 뛰어 내려오던 아버지를 생각하면 마음이 시려온다. 철없는 어린 딸의 행동에 허허 웃음 짓던 모습, 산나물은 못 뜯고 빈 지게에 나물 대신 딸을 지고 산길을 내려가시던 모습, 그래도 예쁜 딸이라며 머리를 쓰다듬어 주시던 기억. 등나무 넝쿨에서 한여름 산속의 열기가 후욱 올라오면, 등에 비 오듯 주르륵 흘러내리던 땀, 고개 들어 먼 산을 바라보면, 지게를 진 아버지를 졸랑졸랑 따라가는 어린 소녀의 모습이 아련하게 떠오른다.

05

국군 아저씨께 보낸 편지

어릴 때 내가 자란 곳은 군부대가 많은 곳이었다. 국군장병을 위한 음악방송 프로그램이 많아 학생들이 라디오방송국에 엽서를 많이 보내던 시절이었다. 엽서 사연을 읽어주는 라디오 프로그램은 학생들에게도 많은 인기를 끌었다.

"국군장병 아저씨께! 우리나라를 지켜주셔서 정말 감사합니다."

라는 사연과 함께 듣고 싶은 노래를 적어 엽서를 보내곤 했다. 그때는 라디오 DJ가 엽서 사연을 소개할 때, 이름과 주소를 끝까지 읽어주던 때였다. 방송국에 보낸 엽서가 DJ의 목소리를 타고 라디오에 나오면 친구들과 환호성을 치며 좋아했다.

내게도 그런 기회가 찾아왔다. 엽서 사연이 라디오에 소개가 되어, 전국에서 엽서와 편지가 집으로 날아오기 시작했다. 미지의 사람들에게서 온 편지는 하루 10통이 넘을 때도 있었다. 라디오 방송에서 이름과 주소가 그대로 나가다 보니 주로 방송을 듣던 국군 아저씨들이 편지를 보내왔다. 내가 어린 학생인 줄도 모르고, 이름과 주소만 듣고 편지를 보내오는 것이었다. 나를 모르는 사람들이 내게 편지를 보내온다는 사실이 너무 놀랍고 신기했다. 호기심이 생겨 국군 아저씨 몇 분에게 답장을 보냈다.

재미 삼아 보냈는데 정성스럽게 쓴 답장이 왔다. 예쁜 인사말과 명시 구절, 명언 등 다양한 내용의 편지는 나의 감수성을 자극했다. 편지를 쓰고 주고받는 재미에 빠져 꽤 많은 편지를 주고받았다. 어린 마음에도 편지 첫 구절에 멋진 말을 쓰기 위해 시집, 수필집, 연애소설 등 여러 가지 책을 읽기도 했다. 편지 사연을 통해 다른 세상 이야기를 들을 수 있어서 더욱더 좋았다. 도시에 사는 일가친척이 없던 나는 외지로 나가 볼 기회가 거의 없었다. 내가 사는 곳이 아닌 다른 세상의 이야기는 신기함과 동경을 가득 안겨 주었다. 학교를 마치고 집에 돌아와 편지를 읽고 답장을 쓰는 재미는 소중한 일상이 되었다. 그런데 언제부터인가 더는 답장이 오지 않았다.

'이상하네. 왜 편지가 안 오지?'

학교를 마치고 집에 오면 가장 먼저 편지를 찾았다. 하지만, 하루에도 몇 통씩 오던 편지는 단 한 통도 보이지 않았다. 어머니께 여쭤봐도 편지는 오지 않았다고 하셨다.
"편지는 무슨 편지? 아무것도 안 왔다."
어머니는 내가 책을 읽고 일기 등 글을 쓰는 것을 좋아하셨다. 하지만 어머니는 집으로 여러 사람에게서 많은 편지가 오는 것을 좋아하지 않으셨다. 며칠 후 어머니는,
"학생이 공부해야지 집에 무슨 남자들 편지가 그렇게 많이 와? 동네 사람들이 흉본다. 그동안 온 편지 다 아궁이에 넣었으니 이제 편지 쓰지 마라."
편지를 주고받는 것에 대해 어머니께서는 단호하게 말씀하셨다. 그 많은 편지를 다 아궁이에 넣었다고 하니 속이 상했다. 며칠을 시무룩하게 지냈다. 어머니는 마당에 앉아있는 나를 부르시더니 편지 한 움큼을 꺼내 주었다. 아궁이에 넣었다고 하셨지만, 그동안 모두 차곡차곡 모두 모아 놓으셨다.
"버리기 미안해서 안 버렸다."
그동안 모아 놓은 편지는 꽤 많았다. 한 통 한 통 편지를 읽어보니 새삼스러웠다. 또 딸을 걱정하시는 어머니의 마음을 조금은 알 것 같았다. 그렇게 국군장병 아저씨들과의 편지를 주고받는 일은 끝이 났다.
편지를 많이 써 봤던 경험이 있어서일까? 연애편지를 제법 잘 써서 친구들의 편지를 대신 써 주기도 하고, 글짓기 대회에서

종종 상을 받았다. 라디오 프로그램에서 사연이 뽑혀서 가끔 집으로 선물이 오기도 했다. 그럴 때마다 어머니는 무척 좋아하셨다. 언젠가 방송국에서 예쁜 손지갑이 선물로 왔다. 손지갑을 어머니께 드렸더니 쓰지도 않고 애지중지하며 온 동네에 자랑하셨다.

훗날, 성인이 되어서도 글쓰기 공모전에서 당선되면 누구보다도 어머니께서 무척 좋아하셨다. 온 동네에 대단한 딸을 둔 것처럼 자랑하셨다. 그때 국군장병 아저씨들은 지금은 이 세상에 없거나, 노년의 어르신들이 되었다고 생각하니 세월의 무상함을 느낀다. 한 통의 편지를 읽으며 위로받았을 청춘의 애틋함이면 세월을 거슬러 올라 되살아오는 것 같다.

06

봄 냉이 캐기

우리 동네에도 꽤 큰 오일장이 있었다. 시골이었지만 군부대 지역이다 보니 군인 가족이 많이 살았다. 음식점과 숙박업소도 꽤 많이 있었고, 젊은 군인 가족들은 시장에서 먹거리를 많이 사 갔다.

봄이 되면 논두렁이나 언덕에 봄나물들이 새파랗게 올라왔다. 어머니께서는 곳곳에 무리로 올라온 달래, 냉이를 캐서, 구수한 된장찌개를 끓였다. 어머니의 달래 된장찌개는 맛과 향도 일품이었다. 또 달래를 넣고 만든 양념장으로 밥을 비비면 맛이 기가 막혔다.

꽃샘추위가 극성일 때 동네 밭에 가면, 냉이가 지천으로 올라와 있다. 집집마다 바구니를 들고 삼삼오오 모여 캔 냉이는 풍미진한 반찬으로 우리의 밥상을 더욱더 풍성하게 해주었다. 긴 겨울을 이겨내고 언 땅을 뚫고 올라온 냉이가 인기 많은 이유다.
동네 밭에 냉이가 지천이다 보니, 친구들과 호미를 들고 밭에 가면, 금방 한 봉지를 캘 수 있었다. 냉이를 캐서 집에 가지고 가면 어머니께서 무척 좋아하셨다.
그날도 친구들과 모여 밭에서 냉이를 한 바구니 캤다.
"우리 이거 시장에 갖다 팔아 볼까?"
농사와는 전혀 무관한 군인 가족들이 시장에 와서 먹거리를 많이 사 가는 것을 잘 알고 있던 터였다. 친구들과 함께 캔 냉이를 봉지에 담아 시장에 가지고 갔다.
냉이를 팔기 위해 막상 시장에 오긴 했지만, 어찌해야 할지 몰랐다. 냉이가 가득 든 봉지를 들고 시장을 서성거렸다. 냉이 봉지를 바닥에 놓고 서 있으면 누구라도 와서 냉이를 얼른 사 갈 것으로 생각했다. 하지만 바닥에 있는 냉이를 보고 사 가는 사람들은 단 한 사람도 없었다.
"이거 너희들이 캔 거니?"
시장 안에서 나물과 야채를 파시는 허리가 구부정한 아주머니께서 물으셨다. 날씨도 추운데 이걸 어떻게 다 캤느냐면서 냉이를 사 주셨다. 어린애들이 추운 날 냉이를 캐서 파는 모습이 안쓰럽고 기특했던 모양이었다. 이후 냉이를 캐서 가져가면 아주머니께서 선뜻 냉이를 사 주셨다. 한동안 냉이를 파는 재미에 빠져 친구들과 열심히 냉이를 캤었다.

하지만, 꽃샘추위와 찬바람 속에서 장갑도 없이 진 땅에서 냉이를 캐니 손은 갈라지고 피가 났다. 손이 곱고 터져서 손가락에 동상까지 걸렸다. 몇 번은 그렇게 냉이를 캐서 친구들과 시장에 팔고는 이후 엄두를 내지 못했다. 이후 동상이든 손이 정상이 되기까지는 참 오랜 시간이 걸렸다. 날씨가 싸늘해지면 손이 가장 먼저 빨개지면서 얼곤 했다.

아이들이 어릴 때 시내에서 떨어진 외진 아파트에서 살았던 적이 있었다. 집 주변에 논과 밭이 많아, 봄이면 아이들을 데리고 밭으로 갔다. 어린 시절 추억도 생각나고, 아파트에서 바라보면 싱그럽게 보이는 들판의 모습이 정답게 느껴졌다.

긴 겨울을 보낸 논과 밭에서는 냉이들이 푸릇푸릇 올라오고 있었다. 옛날을 생각하며 나뭇가지로 땅을 파서 냉이를 캤다. 아이들은 신기한 듯 물었다.

"엄마, 이게 뭐예요?"

"한겨울 꽁꽁 언 땅을 뚫고 올라온 몸에 좋은 나물, 냉이란다. 엄마 어릴 때 많이 먹었던 나물이야."

어린 시절, 꽃샘추위 속에서 냉이를 캐던 내 모습이 스쳐 지나갔다. 아이들에게 엄마의 어린 시절, 나물 캐던 이야기를 해 주었다. 아이들은 서로 자기가 많이 캐겠다며 손과 옷에 흙을 잔뜩 묻혀가며 냉이를 캤다. 어느샌가, 어린 시절 냉이를 캐던 그 아이도 함께 열심을 내어 캐고 있었다.
밭에서 캔 냉이로 국을 끓여 저녁상에 올렸다. 국물을 조금 떠 먹어본 아이들의 반응은 신통치 않았다. 내가 어릴 때는 어머니께서 냉이로 국을 끓여주시면 정말 맛있게 밥 한 그릇을 뚝딱 먹곤 했는데.
어느 봄날 아이들을 데리고 다시 냉이를 캐기 위해 밭으로 갔다. 아이들과 장난치고 웃으며 냉이를 제법 캤을 즈음 저쪽에서 한 어르신의 목소리가 들려왔다.
"에고, 밭에 약을 친 지 며칠 되지 않았어요. 먹으면 안 돼요."
할 수 없이 애써 캔 냉이를 밭에 두고 왔다. 아이들과 함께 캔 냉이가 아깝기는 했지만, 아이들과의 추억이려니 하고 생각하니 마음이 흐뭇했다. 훗날 내 아이들이 오늘을 어떻게 추억할까? 하는 생각이 들었다. 모든 것이 넉넉지 않았던 시절, 냉이를 캐서 먹던 일, 추위 속에서 꽁꽁 언 손을 호호 불어가며 캔 냉이를 시장에 가서 팔았던 일, 동상에 걸려 퉁퉁 부은 손을 따뜻한 물에 담그고 있던 일, 춥고 힘들었던 시절이었지만, 지금은 모두 그리운 추억으로 자리 잡고 있다. 함께 냉이를 캐고, 들길을 걷던 작고 사소한 일들이 내 아이들에게도 행복한 추억으로 남았으면 좋겠다는 생각을 한다. 많은 시간이 흘렀지만 내가 여전히 좋은 기억으로 어린 시절을 추억하듯이.

07

어머니의 손가방

어머니께서 밖에 나가실 때마다 늘 들고 다니는 네모 모양의 손가방이 있었다. 긴 세로 모양의 하늘색 줄무늬가 있는, 약간 두꺼운 비닐로 만든 가방이었다. 진하고 흐린 세로줄 무늬로 가득 채워진 가방은 집안 어디에 두어도 한눈에 들어왔다. 늘 바쁜 어머니를 주인으로 둔 하늘색 가방은, 마루, 안방, 부엌, 마당, 어디든 한편에 늘 있는 곳이 일정하지 않았다. 어머니의 가방 속에는 작은 수첩, 볼펜, 보자기, 동전, 등이 들어있었다.

"엄마 가방 좀 갖고 와라."

집안에서 어머니가 많이 시키는 잔심부름 중의 한 가지가 가방 갖고 오라는 것이었다. 어머니의 가방이 집안 곳곳 여기저기에 놓여있었기 때문이다. 어머니의 하늘색 줄무늬 가방은, 신기한

요술 가방처럼 느껴졌다. 가방을 들고 어머니에게 가면서 가방을 열면 가끔 사탕 한 개, 오이 하나, 참외 하나 등 먹거리가 들어있을 때가 많았다.

"엄마, 나, 이거 먹어도 돼?"

무심코 연 손가방 속에서 먹을 게 나오면 왜 그렇게 신기하고도 좋던지.

저녁에 어머니가 집에 들어오시면 어머니보다도 어머니의 손가방이 더 반가웠다. 어머니의 손가방이 요술 가방이라는 생각을 하게 된 이유는 따로 있었다. 내가 초등학교에 다니던 시절에는, 잔치가 있으면 모두 집에서 치렀다. 동네에 잔치가 있을 때면, 동네 아주머니들이 모두 모여 잔칫집에서 음식을 만들었다. 어머니께서 동네잔치에 다녀오는 날이면, 금방이라도 터질 것 같은 불룩한 손가방을 들고 집으로 오셨다. 고기, 떡, 잡채 등 잔치 음식을 골고루 가방에 담아서 갖고 오셨다. 그날은 우리 집에도 잔치가 열리는 날이었다. 평소 잘 먹지 못하는 맛있는 음식을 실컷 목까지 차도록 먹을 수 있는 날이기 때문이다.

잔치 음식을 함지에 가득 담아 똬리를 대고 머리에 이고 오시는 날도 많았다. 다른 집보다 고만고만한 아이들이 많다 보니 동네에서도 많이 챙겨주기도 했다. 특히, 술떡이라고 불렀던 하얀 떡이 어찌나 맛있던지, 나는 그 떡을 무척 좋아했다. 어머니 손가방에서 제일 먼저 그 떡을 꺼내 입에 넣었다. 다른 형제들은 그 떡을 좋아하지 않아 하얀 술떡은 모두 내 차지가 되었다. 어머니 손가방에 담긴 잔치 음식을 실컷 먹는 날은 신나고 행복한 날이었다.

초등학교 다닐 때 밑으로 남동생 두 명이 더 태어났다. 어머니는 내리 딸만 낳으시다 나중에 아들 둘을 더 낳으셨다. 건강이 좋지 않으셨던 아버지를 대신해 가장 역할을 하셨던 어머니는, 늘 바쁘고 힘들게 사셨다. 생활력이 강해 동네에서도 여장군이라 불리셨던 어머니는 가장으로 해야 할 역할을 당당하게 해내셨다. 어머니를 생각하면 집안에서 편안하게 계셨던 모습들이 기억에 거의 없다. 늘 바쁘게 일하시고, 밤이면 피곤함에 지쳐 고단하게 잠든 모습이 지금도 눈에 선하다.

자식들은 많아 힘드셨지만 커가는 모습을 보며 더 열심히 사셨다.

"우리 토끼들 잘 키우려면 엄마가 힘내야지."

항상 자주 하시던 말씀이었다. 어머니는 힘든 생활 속에서도 정말 열심히 살았다.

가끔 신세 한탄도 하셨지만, 늦게 태어난 남동생들을 보며 더 힘을 내셨던 것 같다. 특히 어린 남동생들을 예뻐하셨다. 집에 오면 손가방을 마당에 내던지고 어린 동생들을 안고 얼굴을 비비며,

"내 새끼들"
하며 꼭 안아 주셨다.
어머니의 손가방은 날로 무거워졌다. 참외, 호박, 오이 등 농사를 많이 짓는 집에 가면 가방에 가득 얻어서 갖고 오셨다. 아이들이 여럿이다 보니 주위에서도 이것저것 농사지은 것들은 많이 챙겨 주셨다.
개구쟁이 남동생들은 내가 그랬던 것처럼, 어머니보다 어머니의 손가방을 더 기다렸다. 어머니의 손가방에서 먹을 게 나오면, 둘이서 서로 먹는다고 아옹다옹하곤 했다.
"토끼 같은 내 새끼들, 토끼 토끼해 봐."
하루 일을 마치고 집으로 돌아오면 환하게 웃으며 막내에게 가장 먼저 시키는 게 토끼, 토끼 동작이었다. 그러면 막내는 어머니 두 손을 잡고 환한 웃음을 지으며 토끼처럼 엉덩이를 들썩이며 깡충깡충 뛰었다. 깡충깡충 뛰는 모습이 정말 한 마리 토끼처럼 귀여웠다. 지금도 그때, 어머니 얼굴에 가득했던 웃음을 생각하면 참 행복해하셨구나 하는 생각이 든다. 마당 한쪽에 비스듬히 놓인 어머니의 손가방, 산마루에 걸려있는 붉은 저녁노을, 넉넉하진 않았지만, 온종일 어머니를 기다리던 작은 형제들과 어머니가 마당에서 행복한 웃음을 짓는 모습이 떠오른다. 늘 소박한 먹거리가 담겨있던 어머니의 손가방. 해 질녁 배가 불룩한 손가방을 들고 집으로 돌아오시는 어머니 모습이 눈에 선하다.

08

개울가에서

어린 시절 집 앞 개울은 가장 만만한 놀이터 중의 한 곳이었다. 여름방학이면 아침에 일어나자마자 친구들과 개울로 달려갔다. 동네 친구들은 아침밥도 먹지 않고, 삼삼오오 개울가로 모였다. 한여름이라 뜨겁게 쏟아져 내리는 햇살 아래, 어깨와 등은 붉은 토마토처럼 빨갛게 익었다.

개울가에 돌을 쌓아 만든 높은 둑이 있었다. 어린 우리에겐 한없이 높고 무섭기만 한 둑이었다. 하지만 동네 오빠들은 높은 둑에서 자유롭게 뛰어내리며 다이빙을 했다. 우리는 손뼉 치며

"와, 멋있다!"

하고 환호성을 질렀다. 높은 둑에서 그럴싸하게 다이빙하는 동네 오빠들은 동네 소녀들의 우상이기도 했다. 그 소리를 들은 동네 오빠들은 어깨에 힘을 잔뜩 주고 서로 더 멋진 포즈로 다

이빙을 하곤 했다.

"와, 우리도 해 보고 싶다."

친구들과 다이빙을 해 보고 싶어 한달음에 둑으로 올라갔지만, 너무 높아 엄두가 나지 않았다. 이렇게 높은 곳에서 자유롭게 뛰어내리는 오빠들이 대단하고 신기하게 만 보였다.

한참을 정신없이 놀고 있을 때, 개울 아래 빨래터에서 어머니의 목소리가 들려왔다. 머리에 수건을 쓴 채 손을 흔드시며,

"집에 가서 밥 먹고 놀아라."

매일 아침밥도 먹지 않고 눈뜨자마자 개울로 달려 나오는 일이 일상이었다. 어머니의 목소리가 귀에 들려오면 그제야 배에서 꼬르륵 소리가 났다. 아침부터 개울로 나가 온몸이 검게 타고, 어깨와 등의 살갗이 벌겋게 벗겨지도록 온종일 개울에서 뛰어놀았다. 여름방학이 끝나고 개학이 다가올 즈음이면, 어깨와 팔에 누가 살갗이 더 많이 벗겨졌나 내기를 했다. 점심때가 한참 지나도 배고픈 걸 못 느낄 정도였다. 어머니의 목소리를 듣고서야 단숨에 집으로 쪼르르 달려와서 허겁지겁 밥을 먹었다.

아삭아삭, 짭조름, 꼬들꼬들 오이지 한 개 손에 들고, 찬밥 한 그릇을 물에 말아 한 그릇 뚝딱 먹었다. 다른 반찬 없어도 물에 말은 찬밥은 꿀맛이었다. 그렇게 금방 밥을 먹고는 다시 개울로 달려가고, 해가 넘어 어둑어둑해질 때까지 개울가에서 놀곤 했다.

개울에는 동네에서 만들어놓은 빨래터가 있었다. 작은 대야에 빨래를 담아 졸래졸래 어머니를 따라 빨래터로 갔다. 빨래하기 좋은 평평한 돌을 골라 잘 고정을 하고 앉아, 어머니를 따라온 친구들과 나란히 앉아 손빨래를 했다. 하지만 그것도 잠시, 빨래하던 것도 그대로 두고 친구들과 물놀이 하는데 정신이 팔려서 놀곤 했다.

개울에서 한참 놀다 보면 배가 고팠다. 개울둑으로 이어져있는 밭엔 무, 오이, 가지가 가득 심겨 있었다. 지금이야 있을 수 없는 일이지만, 그때만 해도 동네 인심이 후하던 때였다. 주렁주렁 달린 오이와 가지를 한두 개씩 따 먹고, 잘 익은 달달한 무를 뽑아 먹기도 했다. 동네 어른들도 개울에서 놀던 동네 아이들이 출출하면 밭에 농작물들을 따 먹는다는 것을 알면서도 그러려니 하던 시절이었다.

한번은 개울에서 너무 오랫동안 헤엄을 치고 놀다 보니 배가 너무 고팠다. 개울 바로 옆에 드넓은 수박밭이 펼쳐져 있었다.

"우리 수박 따 먹자!"

수박밭으로 들어가 친구들과 잘 익었을 것 같은 수박을 골라 땄다. 개울에서 돌로 힘껏 내려쳐서 수박을 쪼갰다. 하지만, 속이 빨갛게 익은 수박은 별로 없었고, 아직 익지 않은 수박이 더 많았다. 잘 익은 수박을 찾으려다 보니 아직 익지 않은 여러 통의

친구들과 물놀이 하고 수박 서리도 하며 놀곤 했던 추억있는 개울가

수박을 따서 먹지도 못하고 깨서 버리는 형국이 되었다.

"이 녀석들아, 잘 익은 놈 몇 개만 따야지, 아주 수박밭을 작살을 내라. 작살을."

지나가다 우리를 본 수박밭 주인아저씨는 엉망이 된 수박밭을 보시며 소리를 지르셨다.

"도대체 버린 수박이 몇 개냐? 한두 개만 따 먹어야지. 박살 낸 수박 들고 서 있어."

우리는 꼼짝 못 하고 쪼개진 수박을 양손에 들고 서서 수박밭 주인아저씨께 혼이 났다. 수박을 따지 않은 다른 친구들은 헤엄을 치며, 혼나고 있는 우리를 쳐다보며 키득거리며 웃었다.

그때 하필 피부가 너무 까매서 깜상으로 불렸던 윗동네에 사는 같은 학년인 남자애가 헤엄을 치며 놀고 있었다. 수박을 들고 혼나는 모습을 보면 어쩌나, 하고 고개를 숙이고 딴 곳을 보다가 그만 눈이 마주치고 말았다. 그 친구는 고개를 갸우뚱하며 걱정스러운 눈빛으로 나를 바라보고 있었다. 순간 쥐구멍이라도 찾고 싶었지만, 머릿속에서는

"재가 내일 학교에 가서 친구들에게 소문내면 어쩌지?"

하는 걱정이 앞섰다. 이후 한동안은 길을 가다가 그 친구를 만나면 일부러 피해 다른 길로 다녔다.

대부분 넉넉하지 않은 살림살이였지만, 동네마다 참 따뜻하고 훈훈한 인정이 가득했다. 세상 걱정이 뭔지, 어려움이 뭔지도 모르고 친구들과 재미있게 지냈던 그 시간, 세월이 많이 흘렀어도 유년 시절의 기억들은 나를 웃음 짓게 한다.

09

꽃밭의 단상

내가 사는 아파트 입구에는 올망졸망 꽃들이 모여 사는 작은 꽃밭이 있다. 흙을 퍼다 날라서 만든 듯한 조금은 촌스럽고 투박한 모양이지만 제법 운치가 있다. 눈에 익은 익숙한 꽃들이 피어있어 오가는 길에 나의 시선을 사로잡는다. 그 풍경이 너무 소박하고 자연스러워 때로는 정겨운 텃밭 같은 느낌이 들기도 한다. 누군가가 소일 삼아 가꾸는 꽃밭이려니 하고 그냥 스쳐 지나가곤 했다. 하지만, 언제부터인가 매일 오가면서 만나는 작은 꽃밭 풍경이 친근하게 다가왔다. 가끔 못 보던 꽃이 피거나, 작은 풀이라도 올라오면 나도 모르게 허리를 숙이고 들여다보게 된다. 작은 땅에서 올라오는 손톱만 한 화초나 풀을 들여다보면

'참, 예쁘구나'

하는 감탄이 나온다. 처음 꽃밭을 보았을 때 머릿속을 스쳐 지나가는 것이 있었다. 시골에서 자라던 어릴 적 내 모습, 마당 한쪽에 자리하고 있던 정다운 꽃밭, 그리운 그 시절 가족의 모습, 어린 시절 불렀던 '꽃밭에서' 라는 동요가 생생히 떠올랐다. 노래를 불러본 지 수 십 년이 지나 가물가물한 그 노래의 가사가 신기할 정도로 정확하게 흘러나왔다.

'아빠하고 나하고 만든 꽃밭에 채송화도 봉숭아도 한창입니다. 아빠가 매어 놓은 새끼줄 따라 나팔꽃도 어울리게 피었습니다. 애들하고 재밌게 뛰어놀다가 아빠 생각나서 꽃을 봅니다. 아빠는 꽃 보며 살자 그랬죠. 날 보고 꽃같이 살자 그랬죠.'

'그래, 어린 시절 나에게도 이런 꽃밭이 있었지.'

나도 모르게 눈가에 눈물이 방울방울 맺혔다. 작은 꽃밭에 서서 나는 열 살 소녀로 되돌아가 고향집 마당에 핀 꽃을 바라보고 있었다. 유년 시절의 추억은 생각만 해도 가슴이 먹먹해지면서 그리움이 밀려온다. 꽃밭 앞에 서 있으면 오래된 기억들이 꽃이 피어나듯 하나하나 되살아나와 내게 잔잔한 행복감을 준다.

갖가지 꽃들은 적당한 간격을 두고 다정하게 피어 있다. 그 모습이 너무 자연스러워서 마치 어디선가 날아온 씨앗이 싹을 틔우고 꽃을 피운 것 같다. 형형색색의 키 작은 꽃들이 그 작은 공간에서 편안하게 한 자리씩 자리하고 있다. 꽃잎이 땅바닥에 닿을 듯 말 듯 해 허리를 구부리고 봐야 제대로 볼 수 있는 꽃도 있다. 가만히 보니 세상에, 잎사귀보다 피어있는 꽃의 수가 더 많다. 그 모양이 땅에 꽃 보자기를 깔아놓은 것 같다.
마치 그 모양이 하늘을 보고 환하게 웃고 있는 아기의 미소 같다. 활짝 핀 꽃잎 아래에 가려진 잎사귀들의 연둣빛이 햇살 아래 눈이 부시다. 콧속으로 스며들어오는 흙내음이 마치 오랫동안 잊고 있던 고향의 향기 같다. 오가면서 매일 만나는 꽃밭의 풍경은 내 눈과 마음을 사로잡아 발길을 멈추게 한다.
누군가의 손이 많이도 갔을 법한 평화롭고 예쁜 꽃밭이다. 곳곳에 부지런한 손길이 머물다 간 흔적이 가득하다. 장미 넝쿨, 참나리, 버들강아지, 채송화, 봉숭아, 키 작은 이름 모를 갖가지 꽃. 꽃밭 양쪽엔 아담한 개나리, 진달래나무 한그루가 서 있다. 그 작은 나무와 꽃들이 하루를 마무리하고 무사 귀가하는 내 발길을 반겨주듯 제 몸을 흔들어댄다. 언제부터인가 외출 후 아파트 입구의 꽃밭이 보이기 시작하면 나도 모르게 콧노래를 부른다.
'작은 꽃밭에 꽃과 나무들아, 오늘 하루도 잘 보냈니?'
꽃들의 안부가 궁금해진다.
어떤 날은 새로 이사 온 화초들이 정갈하게 심겨 있다. 이 꽃밭을 가꾸는 누군가가 다른 곳에서 옮겨와 심었을 것이다. 새로운 화초가 이사 온 날은 꽃밭이 호미로 맨 듯 정갈하게 정리되어있다. 어떤 날은 꽃밭을 맨 호미가 꽃밭 언저리에 놓여 있기도 하다. 한쪽에 꽃이 지면 서운한 마음이 들기 전에 그 옆에 화초에서 꽃이 환하게 피어난다. 어린 시절 담장 아래 빈 땅은 보통 대파나 부추, 오이, 호박넝쿨이 우거져있었다. 하지만, 꽃을 좋아하셨던 어머니 덕분에 우리 집 담장은 맨드라미와 채송화로 가득 찼었다. 마당의 장독대 옆에는 형형색색의 꽃이 핀 봉숭아 꽃대들로 넘쳐났다. 커다란 바가지로 물을 떠서 담장 아래로 휙휙 뿌려 주시던 어머니 모습이 생각난다. 키가 너무 자라면 끈으로 맨드라미의 허리를 한 움큼씩 정성스럽게 묶어주기도 하셨다. 내 눈앞에 펼쳐있는 꽃밭을 보며, 오래전 내 어머니의 손길을 닮은 손길과 향기가 느껴진다.

이 꽃밭을 만난 이후 나의 일상에 작은 변화가 생겼다. 이 작은 꽃밭 앞에서 가끔은 모두 다 내려놓고 가만히 멈춰 서 있는 나를 발견한다. 하루를 살아내기가 어렵고 힘든 시절이다. 아침 일찍 출근해 늦은 시간에 퇴근하고, 이런저런 일로 바쁜 일상. 그런 내 마음을 아는 양 이곳을 지날 때면, 꽃들은 위로라도 하듯 바람결에 살랑거리며 더 활짝 피어 나를 반긴다. 지금껏 살아오면서 달리지 않으면 걱정되고, 멈춰 서면 불안한 마음에 늘 조바심 내는 순간이 많았다. 이 평범하고 작은 꽃밭이 그런 나의 지친 발걸음을 멈춰 서게 한 것이다. 지나가는 나를 불러 세워 기어이 나를 꽃밭의 단골 참새로 만들어버렸다.

가만히 꽃밭을 바라보고 있노라면, 어느새 내 마음에도 꽃이 피어난다. 꽃밭 뒤쪽으로 탐스러운 꽃송이를 주렁주렁 달고 있는 봉숭아가 일렬로 서있다. 꽃을 보는 순간은 하루의 피로가 눈 녹듯이 사라지고 평온한 시간이 시작된다.

꽃을 바라보는 것만으로도 나의 힐링은 시작된다. 이 꽃밭에서 꽃이 피고 지는 순간을 만나면서 삶을 바라보는 시선이 달라졌다. 누구나 모든 생명체와의 이별이 익숙하진 않지만, 수많은 헤어짐을 접하면서 살아간다. 요즘 꽃을 보며 떠나는 것에 대한 의미를 배우고 있다. 어쩌면 이 작은 꽃밭을 통해 인생의 참 의미를 배우는 것일지도 모른다. 꽃이 지고 나면 다 떠나버린 것 같지만, 다시 봄날은 찾아오기 마련이다. 피고 지는 과정을 반복하면서도 이 꽃밭은 이렇게 건재하고 있으니 말이다. 내가 평온한 마음으로 이 작은 꽃밭에서 추억을 만나고, 작은 행복에 잠길 수 있는 이유이기도 하다.

비가 온 후 꽃밭에 피어있는 화초가 더 훌쩍 자랐다. 오늘도 꽃밭 앞에서 생각에 잠긴다. 꽃밭 주위로 질경이, 씀바귀, 민들레가 올라오고 있다.

'어쩜 소박하고 작은 이 꽃밭이 내 고향과 똑 닮아 있을까?'

문득 신동호 시인의 '봄날 피고 진 꽃에 대한 기억'이라는 시가 떠올랐다. 마당에 봄 때문에 울었다는 시인의 절절한 마음이 가슴에 꽂힌다. 꽃과 나무의 아름다움, 자연이 주는 맑고 순수한 마음이 그저 감사하기만 하다.

꽃밭의 봄 때문에 눈을 감고 감상에 젖고 싶은 평온한 날이다.

꽃밭의 봄 때문에 한바탕 행복하게 울고 싶은 그런 봄날이다.

10

행복이 별건가요?

"엄마, 제가 수수께끼 하나 낼게요. 늙을수록 빨개지는 게 뭐게요?"

초등학교 2학년 딸아이가 저녁놀처럼 빨갛게 익은 고추를 따서 바구니에 담으며 하는 말이다.

"글쎄, 늙을수록 빨개지는 게 뭐가 있을까? 엄만 모르겠는데?"

그러자 아들이 답답하다는 표정을 지으며 대뜸 말한다.

"아유, 엄만 그것도 몰라요. 고추잖아요. 우리가 따고 있는 이 고추요."

"어머, 정말 그렇구나. 우리 아들딸은 별걸 다 아네."

오늘따라 고추밭에 내리쬐는 햇볕이 유난히 따갑게 느껴진다. 이마에는 쉴 새 없이 땀이 흐른다. 아이들의 이마에 송송 맺힌 구슬땀이 이슬처럼 가을 햇살에 반짝인다. 고사리 같은 손을 고춧대 사이로 넣고 빨간 고추만 골라 따는 사랑스러운 내 아이들. 나뭇가지에 숨어 있던 바람이 작은 고추밭에서 벌이는 우리 가족의 대화가 재미있는지 시원한 바람을 한 점 내어준다. 퇴근 후 집으로 돌아오는 남편의 차가 나와 아이들을 보고 서행하며, 한적한 아파트 진입로로 올라온다. 아이들은 들고 있던 고추 바구니를 내던지고 두 팔을 흔들며 달려간다. 고추밭이 떠나갈 정도로 "아빠"하고 외치는 소리에 놀란 청개구리가 팔짝 뛰어오른다.

고춧대도 깜짝 놀라 온몸을 흔들고, 바구니에 담겨 있던 빨간 고추도 덩달아 춤을 춘다.

처음 이사 왔던 때가 생각난다. 남편 직장을 따라 4개월 된 딸을 데리고 아는 사람 하나 없는, 작은 시골인 이곳 안성으로 이사를 왔다. 입주가 이뤄지지 않아 거의 비어 있는, 논 한가운데 선 두 동의 썰렁한 아파트. 한적하고 적막한 이곳에서는 사람을 만나기조차 쉽지 않았다. 아기를 안고 멍하니 베란다 앞에 앉아, 배나무 과수원의 하얀 배꽃을 바라보며 도시 친구들을 그리워했다. 새로운 환경에 적응하지 못해 마음고생도 많이 했다.

시골살이는 생각했던 것보다 훨씬 더 외롭고 힘들었다. 아이를 업고 도로까지 왔다 갔다 하며 남편을 기다리는 낙으로 하루하루를 보냈다. 고개를 돌리면 보이는 것은 바다처럼 펼쳐진 논밭

뿐이었다. 아이를 업고 길모퉁이에 쪼그리고 앉아 초록빛으로 아우성치는 무, 배추를 한동안 넋을 놓고 바라보기도 했다. 그러던 어느 날이었다. 그날도 어김없이 아이를 업고 터벅터벅 걷고 있는데, 할머니 한 분이 활짝 핀 꽃상추 몇 개를 꺾어 손에 쥐여 주셨다.

"새댁, 난 12층에 살아. 아삭아삭하니까 쌈 싸 먹어 봐."

고운 연둣빛 꽃상추는 보기만 해도 입안에 군침이 돌았다. 12층 할머니는 내가 매일 오가던 길가 텃밭의 주인이자 같은 아파트에 사는 안성 토박이셨다. 늘 말없이 등에 아이를 업고 왔다 갔다 하는 내 모습을 보며, 혼자 힘들게 아이들을 키우던 시절이 생각나셨다고 했다. 꽃상추로 맺어진 12층 할머니와의 인연은 그렇게 시작되었고 나의 시골 생활에도 많은 변화가 찾아왔다. 할머니는 외로운 내 삶에 웃음을 주시고, 또 다른 기쁨과 행복을 느끼며 살아갈 수 있게 해준 고마운 분이시다.

"이 파 좀, 갖다 먹어. 올해는 파가 풍년이네. 이건 어제 딴 상춘데 한번 먹어 봐. 보드라워서 입에서 살살 녹아. 먹고 모자라면 밭에 가서 뽑아다 먹어."

할머니는 농사지어 나눠 먹는 재미가 쏠쏠하다며 애써 기른 갖가지 채소를 한 아름씩 주셨다. 신장이 안 좋아서 10년 넘게 투석으로 사는 힘겨운 삶인데도, 할머니는 언제나 온화하게 웃는 얼굴로 다정하게 대해 주셨다. 힘이 들어도, 밤마다 팔다리가 쑤셔도 들에 나가서 밭매고 일할 때가 가장 좋다고 하셨다. 시내 나갔다가 버스에서 내려 올라오다 보면 할머니의 모습이 가장 먼저 눈에 들어온다.

"읍내 갔다 와? 뭐 맛난 거 사 왔어?"

구부정한 허리로 밭을 매고 계시는 할머니의 정다운 목소리가 들판에 울려 퍼진다. 이후 나는 할머니 밭 옆의 자투리땅을 얻어 텃밭 농사를 짓는 작은 농부가 되었다. 김매고 비료 주고 거름 주는 방법을 할머니께서 하나하나 일러주셨다. 내 손이 가는 곳마다 작은 생명이 움트는 모습에서 농부의 마음을 알게 됐고, 한 알의 씨앗이 싹 틔우는 과정을 보며 생명의 소중함을 알게 되었다. 텃밭을 일구며 땅의 소중함을 알아갈 즈음, 직접 키운 좋은 채소를 먹는 재미와 함께 시장을 찾는 횟수도 서서히 줄어들었다.

밭이라고 하기엔 작은 자투리땅이지만, 그곳은 생명의 고귀함과 자연의 위대한 힘, 그리고 소박하게 살아가는 농촌 생활의 즐거움이 살아 숨 쉬는 공간이었다. 땅을 가꾸면서 내 안의 외로움을 바람 속에 날려 보내고, 텃밭을 일구는 정겨운 삶 속에서 조금씩 소박한 행복의 주인공이 되어 가고 있었다.

텃밭 가꾸기에 더 재미를 느낀 것은 아이들이었다. 아이들은 고

사리 같은 손으로 땅을 파고 씨앗을 심으며
"정말 이 작은 씨앗이 무가 되고 배추가 돼서 김치가 되는 거예요?"
아이들의 얼굴에는 새싹을 기다리는 진지한 표정이 가득 담겨 있었다. 이제 내 사랑스러운 아이들은 어디다 내놔도 빠지지 않을 만큼 건강한 시골 아이들이 되어 씩씩하게 자라고 있다. 도시에 사는 친구들이나 형님댁 아이들과 비교해 우리 아이들은 잔병치레 없이 커 주었고, 지금도 감기에 잘 걸리지 않는다. 가끔 서울 형님댁에 가면,
"애들 교육을 생각하고 장래를 생각해야지, 정말 그렇게 시골에 눌러앉을 거냐"는 말을 자주 듣는다.
'말은 제주도로 보내고 사람은 서울로 보내라' 는 말이 그냥 있는 말이 아니라면서.
문화, 교육, 생활 등 도시의 아이들과 비교했을 때, 아쉽고 부족한 것이 많다는 것을 잘 알고 있다. 그러나 이런 고민을 하는 순간에도 아이들은 대자연이 살아 숨 쉬는 시골 생활에 적응하며 건강하게 잘 자라고 있었다. 나 스스로가 부모로서 안타깝고 아쉬운 마음을 가지고 있었을 뿐, 아이들이 자라고 생활하는 데는 아무 문제가 없었다. 시골에서의 귀한 산교육이 아이들의 가슴속에 소중한 자산이 되어 하나하나 쌓여가고 있다.

다람쥐를 향해 밤을 던져주는 아이들, 따뜻한 봄볕이 나오기 무섭게 들판에는 언 땅을 뚫고 냉이와 쑥이 쑥쑥 올라온다. 농사를 시작하기 전에 밭 주변으로 불을 놓아 새까맣게 탄 자국 밑으로도 황새냉이들이 고운 보랏빛 옷을 입고 용케도 올라왔다. 호미로 판 자리에 긴 뿌리를 내리고 있는 냉이의 모습에서 강한 생명력이 넘쳐난다. 비닐봉지에 제법 냉이가 담길 즈음이면, 저쪽 논두렁 너머에서 무언가 움직이는 것이 아지랑이처럼 보인다. 그 속에서

"엄마, 엄마!"

하고 부르는 소리가 메아리치듯 아득하게 들려온다. 학교 끝나고 오는 아이들이다.

"겨우 요것밖에 못 캤어요? 안 되겠다. 우리가 캐야지."

두 아이는 내가 들고 있던 호미를 들고, 온 밭을 헤집고 다니며 열심히 냉이를 캔다. 이리 뛰고 저리 뒹군다 해도 다칠 걱정 없이 마냥 뛰어놀 수 있는 이 시골 밭에서의 나물 뜯기는 또 하나의 행복이리라. 또한, 시골에서 자라는 아이들만이 가질 수 있는 소중한 특권이리라.

여름이면 나무에 다닥다닥 붙어 있는 매미와 아파트 앞 넓은 논에서 요란스레 울어대는 개구리 소리로 밤잠을 설치기 일쑤다. 아파트 화단의 소나무와 은행나무에 매미가 잔뜩 붙어서 맴맴

울어댄다. 잠자리채 한 개만 있으면 온 들판과 나무는 모두 아이들 놀이터이다. 서울 사는 조카가 방학 때 놀러 와서 아이들과 함께 매미를 잡아 왔다. 조카는 매미를 잡은 것이 얼마나 신기하고 좋은지 채집통에 서너 마리 담아 가지고 왔다.

"엄마, 금방 죽어서 안 된다고 해도, 형아가 자꾸 매미를 집으로 가져가겠대요."

채집통에 담으면 몇 시간 못 가서 금방 죽는다는 것을 아는 아이들은 매미를 놓아주자고 했는데 조카가 우겨서 굳이 집으로 가지고 온 것이다. 아이들은 생명의 소중함을 자연 속에서 체험으로 직접 배운 것이다. 메뚜기와 잠자리도 채집통에 한가득 잡지만 아이들은 잡는 재미를 즐길 뿐 "멀리멀리 날아가라. 잡히면 안 돼"하며 모두 금방 놓아주곤 한다.

가을이면 아파트 뒷산에만 가도 밤나무에 밤이 주렁주렁 열려 있다. 손에 장갑을 끼고 긴 나무막대 하나씩 들고 온 가족이 밤을 따러 나선다. 밤나무 밑에 여기저기 떨어져 있는 밤송이를 보는 순간, 마음은 풍요와 넉넉함으로 넘쳐난다. 밤톨 속에 붙어 있는 쌍동밤이 우리 가족을 보며 웃고 있는 듯하다. 여기저기에 밤이 지천으로 널려 있다. 벌레 먹고 썩은 밤알은 따로 모아 한 줌씩 집어 든 아이들은 "다람쥐야, 겨울 양식 날아간다. 많이 많이 모아야 해."하며 나무가 없는 산 쪽으로 손에 쥔 밤알을 힘껏 던져 주었다. 툭, 툭, 아이들이 던진 밤알이 떨어지는 소리가 온 산에 울려 퍼진다. 옆쪽 산에 있는 다람쥐를 위하여 밤을 던져주는 아이들의 마음속에도 사랑의 마음이 자라나고 있음을 확인하는 순간이기도 하다. 밤알에서도 넉넉한 사랑과 행복을 배우니 내 어찌 넉넉하고 풍요로운 시골의 삶을 사랑하지 않을 수 있으랴.

하얀 눈이 내리는 겨울이 오면 눈썰매장이나 스케이트장이 따로 필요 없다. 내가 어렸을 때도 작은 언덕배기에 비료 포대 한 장 들고 올라가면 그것이 최고의 재미를 더해주던 눈썰매였다. 그 세월이 꼭 30년이 흘렀다. 비료 포대를 들고 환호성을 지르며 눈썰매를 타던 작은 소녀는 이제 두 아이의 엄마가 되어 있는데, 그 엄마의 아이들 역시 비료 포대를 한 장씩 들고 환호를 지르며 즐거워한다. 잊고 있었던 어린 시절의 기억이 아이들의 해맑은 웃음소리와 함께 아련히 살아와 내 가슴속에 눈처럼 내려앉는다. 흰 눈이 온 산을 뒤덮은 평화로운 언덕에서 소중한 유년의 추억들을 만나며 다시 동심으로 돌아가니 너무도 행복하다. 아이들 손에서 흔들리는 비료 포대는 이미 따뜻한 내 행복에 불을 지펴주는 또 하나의 소중한 행복이니, 이 시골에서 내가 버려야 할 것은 더 이상 아무것도 없다. 공기 좋고 깨끗한 이곳에서 우리 가족은 대자연의 위대함을 배우고, 생명의 고귀함을 배우며 살아간다. 작은 씨앗이 자라 푸른 채소가 되기까지의 과정을 보며 인내하고 기다리는 마음을 배운다. 자연과 함께하는 시골에서의 소박한 삶 자체가 인간이 알아야 할 소중하고 귀한 산교육의 스승이 되어 주고 있으니, 이 풍요로운 삶을 감히 그 무엇과 비교할 수 있으랴.

11

돈 벌면 뭐 할래?

내가 아주 어릴 때 부모님께서는 나에게 이런 질문을 자주 하셨다. 종일 일하시고 집에서 쉬거나 하실 때 장난스럽게 묻곤 하셨다. 아마 그때 어린 나의 대답이 재미있고 기특해서 이 질문을 자주 하신 것 같다.

"이다음에 커서 돈 벌면 뭐 할래?"

나는 주저하지 않고 두 눈을 이리저리 굴리며, 골똘히 생각하다, 늘 이렇게 대답했다.

"아빠 주고, 엄마 주고, 큰언니 주고, 작은 언니 주고, 내 동생 주고, 나 쓰고."

어린 내가 대답한 부분의 하이라이트는 마지막 강조하면서 큰 목소리로 말하던

"나 쓰고!"

라는 표현이었다. 내가 "나 쓰고"라는 말을 하면 부모님께서 한참을 웃으셨다. 내 대답이 신통방통한 듯 웃고 또 웃으셨다.
"돈 벌어서 어디다 쓸 건데?"
하고 물으시면,
"쌀 사고, 과자 사고, 옷 사고, 과일 사고, 사탕 사고, 음, 나 쓰고."
이렇게 줄줄이 나열하며 대답했던 일이 지금도 생생하게 기억난다. 어린 딸이 다부지게 하는 "나 쓰고."라는 말을 들으시기 위해 하루에도 몇 번씩 내게 물으신 것 같다. 그 대답은 지금 내가 생각해도 웃음이 난다.
돈 벌어서 가족들에게 나눠주겠다는 꿈은 이루지 못했지만, 조금 여유가 생기면 항상 가족이 가장 먼저 생각난다. 작은 것이라도 생기면 나눠주고 싶은 마음이 간절하다. 형제들과 멀리 떨어져 살다 보니 그런 기회가 있더라도 쉽게 정을 나눌 수 없어 늘 마음뿐일 때가 더 많다.
어린 시절에는 커서 돈을 벌면 부자가 되는 것으로 생각했다. 돈이라는 건 벌면 내가 좋아하는 사람들에게 다 나눠 주고도 내가 쓸 것이 남는 것인 줄 알았다. 부모님께 용돈을 드리는 일조차도 결코 쉽지 않은 일이라는 것을, 성인이 되어 돈을 벌어보고 나서야 알게 되었다.

얼마 전, 여동생이 어린 시절 큰언니가 동생들에게 옷을 사 준 이야기를 했다. 직장을 다니던 큰언니는 해마다 추석이나 설이면 꼭 네 명이나 되는 동생들의 옷을 사 왔다. 그땐 언니도 어린 나이였는데, 지금 생각하면 정말 감사하고 고마운 일이다. 여동생도 옷 선물을 받고 얼마나 좋았는지 모른다며 지금도 그때를 생각하면 마음이 참 따뜻해진다고 했다. 큰딸이 보내온 옷을 동생들에게 나눠주며 좋아하시던 어머니의 모습도 떠오른다.

언니가 사 준 블라우스를 입고 담장 바로 옆 전봇대에서 예쁘게 사진 찍은 일도 기억에 남는다. 새 옷을 입은 나를 보고 예쁘다며 부러워했던 친구들의 모습도 생생하다. 지금도 앨범에 그 사진이 꽂혀있다. 새 옷을 입고 허리에 손을 얹고 뽐내며 찍은 사진이다.

그땐, 동네에서 땅 많고 좀 산다는 친구들도 해마다 추석 때 새 옷을 입지는 않았었다. 하지만, 우리 집은 동생들을 생각하는 언니 덕분에 해마다 명절 때는 언니에게 예쁜 추석빔을 선물 받았다. 엊그제 일 같은데 벌써 40년이 넘는 세월이 지난 이야기이다.

"이다음에 커서 돈 벌면 뭐 할래?"

"아빠 주고, 엄마 주고, 큰언니 주고, 작은 언니 주고, 내 동생 주고, 나 쓰고."

부모님께 웃음을 안겨드리며 이렇게 야무지고 기특한 대답을 했지만, 그 약속은 지키지 못했다. 결혼 후 아이들이 두세 살쯤 안정을 찾기도 전, 친정아버지는 허망하게 떠나가셨다. 맏이가 아들이었다면 좀 나았을까? 위로 딸들을 낳고 뒤늦게 아래로 아들을 낳았으니, 짧은 인생을 평생 고생만 하시다 떠나셨다.
좀 더 열심히 살고 좀 더 잘 돼서 부모님께 효도하고 살았다면 얼마나 좋았을까? 하는 생각을 해 본다. 더 나은 삶에 대한 욕심 없이 너무 평범하게 안주하며 살았던 건 아닌가? 부모님의 삶은 너무 짧았다. 다른 부모님들은 자식들에게 싫은 소리까지 들으며 오래도 살던데 왜 그리 빨리 가셨을까?
주위에 팔구십 세 되신 어르신들의 이야기를 듣고 있으면 속에서 무언가 울컥 솟구친다. 그냥 마음이 슬퍼져서 슬그머니 그 자리를 피한다. 속상하고 부럽고, 아쉽고 답답한 마음이 한꺼번에 몰려온다. 어머니까지 떠나고 난 후 한동안 우울증으로 마음이 너무 힘들었다.
'우리 엄마였으면 좋겠다.'
한동안은 길가는 어르신들을 보면 그런 생각을 했다. 무엇을 해드리고 싶어도, 목소리가 듣고 싶어도 그럴 수가 없었다. 부모님이 이 세상에 계시지 않다는 사실이 너무 가슴 아팠다. 전화를 걸면 금방이라도

"엄마다, 걱정 마라."

하는 목소리가 들려올 것만 같았다.

12

딱지와 구슬치기

말썽을 피우고 다니는 개구쟁이는 아니었지만, 동네에서 욕심이 많은 아이였었다. 내 바로 위의 언니도 한번 한다고 하면 이겨야만 직성이 풀렸다. 여자아이였지만 동네에서 딱지치기, 구슬치기는 좀 한다는 소리를 들었다. 빳빳한 종이만 눈에 띄면 모두 딱지를 접었다.

"딱지치기하자"

동네에서 친구들과 딱지치기를 하는 날이면, 남자 여자 가리지 않고 했다. 빳빳하게 길을 잘 들인 왕 딱지와 깡다구 하나면 동네 딱지를 다 딸 수 있는 것이 딱지치기의 묘미였다. 배가 불룩 붕 뜨게 접힌 딱지는 한 방이면 맥없이 홀랑 넘어가기 일쑤였다. 집에서 애써 힘들게 접어와도 한방에 상대에게 넘겨줘야 했다. 쉽게 넘어가지 않으려면 일단 빳빳하게 일자 형태여야 하고, 바닥에 붙을 정도로 완전 납작하게 주저앉아 있어야 하는 것이 철칙이었다.

그 시절은 딱지를 접을 만한 종이가 매우 귀했다. 동네를 돌고 돌아 주워온 종이도, 집 안에 있는 안 쓰는 종이를 모두 동원해도 딱지를 접기엔 부족했다. 기어이 어려운 형편에 사 준 공책도 딱지로 둔갑할 수밖에 없었다. 새 공책으로 딱지를 접다가 아버지에게 걸려 호되게 야단을 맞은 적도 있다.

언니와 나는 동네에 있는 딱지를 다 따올 욕심에 몇 개의 딱지에 공을 들였다. 길 가다가 쓸 만한 종이가 눈에 보이면 온통 딱지를 접을 생각으로만 가득했다. 온 동네와 시장을 돌아다니며 최대한 빳빳하고 질긴 종이를 구해 와서 딱지를 접었다. 정말 찢어지지 않을 만큼 발로 밟고 밟는 공을 들여서 평평하게 만들었다.

상대의 젖 먹던 힘까지 무색하게 만들 수 있는 것이 빳빳함과 평평함이었다. 두 가지 조건을 갖춘다면 어떠한 힘이 딱지를 내려쳐도 절대 넘어가지 않았다. 혹 상대방의 딱지가 옆면에 살짝 들린 부분이 보이면 그쪽을 집중적으로 공략해서 내려치는 것이다. 그러면 대부분의 딱지는 홀랑 쉽게 넘어가기 마련이었다.

'드디어, 동네 아이들과의 딱지치기 시간'

언니와 나의 딱지를 감히 넘볼 수 있는 딱지는 거의 없었다. 최근 구한 컬러가 가득 들어간 날렵하고 빳빳한 종이를 공수해서 공을 들여서 길을 들였기 때문이다. 그 어떤 딱지도 길든 왕 딱지 한방이면 뒤집어졌다. 딱지가 넘어갈 때마다 온몸을 비틀고 머리를 쥐어짜는 시늉을 지으며

"딱"

"아, 으윽, 안돼."

하는 소리가 곳곳에서 들려왔다. 언니와 내가 팔이 떨어져 나갈 만큼, 길들인 왕 딱지 덕분에 동네의 딱지는 모두 우리 것이 되었다. 공들인 만큼 언니와 나의 딱지는 단단하고 야무지게 딱지의 존재감을 내세우며 빛을 냈다.

"자, 이번에도 한방이다, 딱!"

딱지 넘어가는 소리, 아쉬워하는 소리, 환호성 치는 소리는 동시에 3박자로 울렸다. 딱지 넘어가는 소리보다 수백 배 큰 딱지 주인의 아쉬움 가득한 소리가 온 동네에 울려 퍼졌다.

말이 끝나기가 무섭게 허접한 딱지들은 한방에 홀랑 넘어갔다. 언니가 상대의 딱지를 넘기면 나는 그 옆에서 자루에 딱지를 주워 담느라 바빴다. 상대의 넘어간 딱지를 주울 때마다 어깨와 팔이 빠지는 듯 아팠다. 딱지를 칠 때마다 기를 넣고 젖 먹던 힘까지 동원하니 어깨와 팔이 안 아플 수가 없었다.

구슬치기는 구멍을 옴폭 파인 구멍에 구슬을 넣고, 구슬을 던져

서 밖으로 튀어나오는 걸 딸 수 있는 놀이다. 욕심이 많았던 나는 구멍을 향해 구슬을 던질 때, 살짝 다이빙하듯이 앞으로 넘어지면서 구슬을 던졌다. 그러면 구멍 안에 있는 구슬을 거의 밖으로 튀어나오게 할 수 있었기 때문이다. 친구 오빠가 반칙이라면서 안 된다고 했지만, 구슬을 던진 다음에 넘어졌다고 끝끝내 우기기도 했다.

한겨울에는 동네 아이들 손이 거의 동상이 걸려서 빨갛게 퉁퉁 붓고 곱아져 있었다. 구슬치기하겠다고 꽁꽁 언 손을 호호 불어가며 기를 불어 넣어 힘껏 구슬을 던졌다. 기어이 구슬을 따겠다는 마음으로 그 차가운 손을 배 속에 넣고 녹이기도 했다. 해질 무렵이면 구슬이 집어지지도 않을 만큼 다들 손이 곱아져 있곤 했다.

늦은 저녁, 왕창 딴 그 딱지 자루와 구슬 주머니를 들고 신나게 집으로 향했다. 언니와 나는 딱지 자루를 들고 살며시 대문을 열고, 도둑고양이처럼 살금살금 뒤꼍으로 갔다. 언니가 호미로 땅을 파면, 그 딱지를 땅속에 묻었다. 온 종일 어렵게 고생해서 얻은 딱지와 구슬은 언니와 나에겐 소중한 보물과도 같았다. 언니와 나는 부모님께 혼나지 않으려고, 왕창 따온 딱지와 구슬을 매일 밤 몰래 땅속에 묻었었다. 공부는 안 하고 그 많은 딱지를 집으로 갖고 온 걸 부모님이 아시면 혼내실 게 분명했기 때문이다. 잠잘 때 뒤척이다 팔을 올리면 끙끙 앓는 소리를 내기도 했다.

"아야, 팔이야"

그 당시 동네에 팔이 멀쩡하게 제대로 올라가는 친구들은 거의 없었다.

가끔 딱지와 구슬을 잃은 동네 친구가 고구마와 감자를 갖고 집으로 왔다.

"고구마와 감자를 줄 테니 딱지랑 구슬이랑 바꿀래?"

다 잃은 딱지와 구슬을 찾기 위해 건네 온 제안이었다. 망설일 이유가 없었다. 당시 농사를 짓지 않았던 우리집에 감자와 고구마는 훌륭한 간식이었다.

"그래, 바꾸자."

이후 친구들은 바구니에 감자와 고구마를 수북하게 담아 왔다. 언니와 나는 땅속에 묻어 둔 구슬과 딱지를 그 친구들에게 나눠 주었다.

어느 날 나에게 구슬을 다 잃은 친구의 오빠가 구슬치기 하자고 왔다. 그런데 구슬을 던지기만 하면 구멍 안에 있는 구슬이 다 튀어나왔다. 어떤 유리구슬은 깨지기도 했다. 진흙위로 다이빙을 하며 따 모은 소중한 내 구슬들은 순식간에 줄어들고 있었다.

"이게 무슨 일이지?"

구슬을 꽤 많이 잃고서야 친구 오빠의 구슬이 유리구슬이 아닌 쇠구슬이었다는 것을 알았다. 쇠구슬을 그때 처음 본 나는 반칙이라며, 딴 구슬을 다 내놓으라고 했다. 하지만 그 오빠는 다른 동네에서도 다 이렇게 한다면서 돌려주지 않았다. 옆에서 오빠가 자기가 딴 내 구슬을 정신없이 주워 담던 친구의 모습이 지금도 생각난다. 언니를 불러내서 동네가 떠나가라 싸웠던 기억이 엊그제 일처럼 새록새록 떠오른다.

〈제2장〉

여름처럼 시원했던 추억

01

배 서리의 추억

초등학교 때의 일이다. 동네에서 땅 부자로 소문난 정숙이네 담장 바로 앞에 커다란 배나무 밭이 있었다. 오래전부터 정숙이네 배나무의 배는 맛이 좋기로 소문이 나 있었다. 얼마나 배가 많이 열리는지 초록 잎보다 노란 배가 더 많이 보였다. 배의 무게를 이기지 못해 축 늘어진 배나무를 보며 어린 마음에도,

'배나무는 팔이 얼마나 아플까?'

하는 생각을 했다.

배는 중간 크기에 모양도 예쁘지 않은 돌배였다. 한 입 베어 물면 손가락 사이로 단물이 줄줄 흘러내렸다. 가끔 정숙이네 엄마가 우리 집에 배를 갖고 오시는 날은 마냥 신이 났다. 먹을 것이 귀하던 시절, 그 달달한 배 맛을 따라올 수 있는 건 없었다.

무더위가 기승을 부리던 한여름 밤, 친구들은 하나둘 정숙이네 담장 밑으로 모여들었다. 담장 바로 앞 밭에 잘 익은 배가 달빛 아래 탐스럽고 먹음직스럽게 달려있었다. 친구들의 눈빛이 마주치는 동시에 별빛 아래 반짝거렸다.

"우리 저 배 따 먹을까?"

담장 앞에 모인 친구 중 미자가 말을 꺼냈다. 주렁주렁 열린 배를 보며 군침을 삼켰다. 그날은 마침, 배나무 밭 주인의 딸인 정숙이도 나와 있지 않았다.

"그러다가 동네 사람들이라도 지나가면 어떻게 해?"

"춘화랑 미자가 양쪽에서 망보고, 세 명은 얼른 따서 나오면 돼."

막상 배를 따려고 하니 나와 경순과 순자는 덜컥 겁이 났다. 하지만 마음은 이미 단물이 입안에 가득 고이는 배 밭으로 가 있었다. 사람이 안 온다며 얼른 밭으로 들어가라는 친구들의 손짓에 배나무 밭으로 뛰어 들어갔다. 키 작은 배나무라 배를 따는 일은 어렵지 않았다. 슬리퍼를 신은 발이 풀잎에 스쳐 따끔거렸다. 열 개 정도를 따서 윗도리를 앞으로 쭉 당겨 담았다. 그리고 담장 밑으로 갖고 나와 친구들에게 주고, 다시 들어가서 배를 땄다. 다행히 지나가는 사람도 없었고, 정숙이도 나오지 않았다. 따 온 배를 똑같이 나눠서 윗도리에 담고 서둘러 다른 곳으로 가려고 할 때였다.

"너희들 집에 안 가고 여기서 뭐해?"

하필 그때 정숙이 바로 위의 오숙 언니가 나왔다. 덜컥 겁이 나서 친구들과 얼른 담장 앞에 배를 안고 조르라니 앉았다. 어느 누구도 일어설 수도 움직일 수도 없는 상황이 되었다.

혼자서 뭐라고 얘기하는데 그 말이 하나도 귀에 들어오지 않았다. '우리가 배를 딴 걸 눈치채면 어쩌나?' 그 생각만이 머릿속을 가득 메웠다. 그날따라 언니의 수다는 더 길어졌다. 한참 후에야 언니는 집으로 들어갔다.

"휴, 다행이다, 빨리 가자."

살았다며 안도의 한숨을 쉬며 일어서려는 순간, 이번에는 정숙이가 줄넘기를 가지고 나왔다.

"너희들 여기서 뭐해?"

하더니 갑자기 줄넘기를 했다. 늦은 시간에 줄넘기는 왜 갖고 나왔을까? 황당했지만 나와 친구들은 옴짝달싹 못 하고 담장 아래 앉아 있어야만 했다. 움직이지 못하고 앉아 있으니 다리가 저렸고, 소변도 마려웠다. 윗도리에 담은 배가 배를 눌러 더 앉아 있을 수가 없었다. 아는 건지 모르는 건지, 들어가지도 않고 약 올리듯이 계속 말하고 있는 정숙이가 야속하기만 했다. 나는 도저히 참지 못하고 엉거주춤 일어서서,

"나 오줌 마려워. 집에 갈래."
하며 배를 안고 뒤뚱뒤뚱 집으로 향했다. 더는 도저히 앉아 있을 수가 없었다. 정숙이가 배를 딴 걸 알아도, 다음날 어른들께 혼이 나도 할 수 없었다. 집으로 가면서 뒤를 돌아보니 다른 친구들도 배를 안고, 엉거주춤 집 쪽으로 돌아가고 있었다. 뒤뚱뒤뚱 걸어가는 친구들의 뒷모습에 웃음이 나왔다. 정숙이도 집으로 들어가고 보이지 않았다.
골목 안은 고요했다. 달빛이 골목을 환하게 비춰주고 있었다. 집으로 돌아간다던 친구들이 하나둘 다시 골목으로 모여들었다. 등허리와 다리에 땀이 흘렀다. 친구들의 이마에도 송골송골 땀방울이 맺혀 있었다. 모두 배에 배를 한 아름씩 안고 까르르 웃었다.
"휴, 무서워서 혼났어."
"어휴, 배도 아프고 다리 아파 죽는지 알았네. 난 오줌 쌀 뻔했어."
그날 밤 친구들과 배를 안고, 개울 둑길을 걸었다. 달빛도 환하게 길을 밝혀주며 따라왔다. 개울물은 우리를 따라 흐르고 있었고, 길가에는 잘 자란 배추와 무가 초록 바다처럼 펼쳐져 있었다. 서리한 배를 한 입 베어 달달한 속살만 먹고 껍질은 훅, 밭을 향해 힘껏 뱉으며 깔깔대며 웃었다.

"배 진짜 맛나다. 우리 배 껍질 누가 멀리 보내나 내기할까?"
"근데 우리 다음엔 절대 배 서리하지 말자. 너무 힘들었어."
무서움과 두려움에 떨며 몰래 딴 배 맛은 그야말로 최고였다. 이후 그날 밤 서리한 배보다 맛있는 배를 먹어본 기억이 없는 것 같다.
친구들과 가끔 한여름 밤, 가슴 졸였던 배나무 서리 이야기를 한다. 깊은 밤 몰래 배를 따던 두려움보다, 단물이 줄줄 흐르던 달콤했던 배 맛보다도 더, 궁금해하며 친구들이 또렷하게 기억하고 있는 게 있었다. 나만 그런 줄 알았는데.
"근데 말이야, 그날 밤, 정숙이는 우리가 배 서리한 걸 알고 있었을까?"

02

논두렁길 이야기

들판에 가득 봄물이 들었다. 초록빛으로 가득한 널따란 논은 하늘을 감싸 안고 편안하게 누워있다. 올망졸망한 머리를 내밀고 작은 군락을 이루고 있는 클로버 무리와 제자리에 깊게 뿌리내린 질경이 잎에도 봄기운이 가득하다. 누가 더 짙은 초록빛을 내어 우아해 보이는지 내기라도 하듯, 의기양양하게 제자리를 지키는 모습이 제법 그럴싸하다. 초록빛 무리는 홀연히 지나가는 바람의 움직임도 놓치지 않는다. 바람이 불어올 때마다 제 몸을 흔들어, 맑은 초록빛 향기를 저 멀리로 날려 보내준다. 봄물이 가득 오른 초록 잎을 살랑살랑 부드럽고 그윽하게 흔들어준다.

가지런히 누워있는 초록빛 논의 풍경은 언제 봐도 정겹다. 논과 논 사이에 황톳빛으로 난 작은 논두렁길은 언제나 나의 시선을 사로잡아, 지나가던 발걸음을 멈추게 한다. 농부 혼자 지나갈 수 있을 정도, 논과 논을 이어놓은 좁은 논두렁길. 마치 긴 팔을 쭉 펴고 누워있는 사람의 모습 같기도 하다.
그래서일까? 시골 들판의 소박하고 좁은 논두렁은 그 어느 길보다도 정답게 느껴진다.
"물이 고여 있도록 논의 가장자리를 흙으로 둘러막은 작고 얕은 둑"이라는 논두렁의 의미도 참 좋다. 논두렁 없이 저 넓고 푸른 논이, 보기 좋게 하나처럼 엮여 하늘을 향해 누워있을 수 있었을까? 드넓게 펼쳐진 커다란 바다처럼, 정다움과 평화로움으로 가득 쌓여, 이 아름다운 계절을 노래할 수 있었을까?
어린 시절, 논두렁길을 걷다가 발을 헛디뎌 넘어지기라도 하면, 와르르 무너지는 누런 흙더미와 함께 넘어지곤 했다. 신발과 옷은 물론, 온몸이 순식간에 흙투성이가 되었다. 팔과 다리에 붉은 상처를 남겨주는 훈장과도 같은 좁고 불편한 길이었다.
하지만, 좁은 그 논두렁길에도 언제나 소박하게 넘쳐나는 풍요로움이 있었다. 모내기가 끝나면 어머니는 그 좁은 논두렁길에도 알뜰하게 콩을 심고 가꾸셨다. 줄을 맞춰 가지런하게 심어진 작은 콩 대는, 그 좁은 길에서도 초록빛 싹을 틔우고 앙증맞은 보랏빛 꽃을 피워냈다. 비바람과 환하게 내리쬐는 햇살을 품에 안으며, 콩 대는 신기하리만치 제 몸에 초록빛을 내며 논두렁을 가득 채워나갔다.

콩 대가 하늘을 향해 쑥쑥 자라나면, 풍작을 기다리는 어머니의 손길도 함께 바빠졌다. 가을 하늘이 높아질 즈음이면, 고달픈 어머니의 표정에도 파란 가을 하늘빛이 찾아왔다. 논두렁길을 걷는 동네 아이들의 발걸음도 덩달아 가벼워지고, 아이들의 팔다리에 생긴 빨간 생채기도 가을빛으로 아물어갔다.

가을이면 작은 논두렁에 심어진 콩 대는, 제 몸보다 무거운 콩을 콩깍지에 알알이 담아내기에 여념이 없었다. 하루가 다르게 여물어가는 콩 대를 바라보시는 어머니는 콩깍지를 손으로 눌러 보시며

"참 실하게도 여물었네."

하시며 환하게 웃으셨다. 어머니께서는 논두렁길의 콩알이 가득 달린 콩대를 척척 뽑아 놓으셨다. 뽑아놓으신 콩대를, 나와 언니들은 차곡차곡 같은 방향으로, 밭 한쪽 귀퉁이에 쌓아 두었다.

콩대에 대롱대롱 매달린, 속이 꽉 찬 콩깍지는 금방이라도 꼬투리를 열고 나올 것만 같았다. 언니들과 나는 제 몸보다 큰 콩 단을 들고 논두렁을 걸어 나왔다. 땅바닥에 떨어진 콩알을 주워 바구니에 담으며 뒤따라오는, 서너 살 어린 동생도 그 뒤를 종종거리며 따라 걸었다.

잘 말린 콩 단을 향한 힘찬 도리깨질이 시작되면, 노랗게 익은

풀잎 이슬을 머금은 잘 자란 콩이 가득한 밭

콩알이 아우성치듯 꼬투리를 열고, 톡톡 소리 내며 쉴 새 없이 세상 밖으로 쏟아져 나왔다. '답답한 꼬투리 안에 어떻게 있었을까?' 하는 생각이 들 만큼 콩알은 잘 익었다. 탁탁 바닥을 치며 하늘을 향해 커다란 원을 그리며 도는 도리깨의 움직임과 콩알의 움직임은 한 폭의 그림 같았다.

꼬투리를 열고 나오는 수많은 콩의 거대한 출산이었다. 콩대를 거둬내면 세상은 온통 노란빛으로 가득했다. 노란 콩알은 커다란 함지박에 담아지기가 무섭게 키를 쥔 어머니의 손길과 함께 하늘을 향해 오르락내리락했다. 마치 춤을 추듯 파란 하늘을 향해 튀어 올랐다. 좁은 논두렁길에서 자란 초록빛이 이렇게 환한 노란빛을 만들어 내다니, 이 빛을 내기 위해 그렇게 온통 세상을 초록빛으로 가득 채웠었구나! 작은 논두렁에서 자란 콩대가 만들어진 풍작이 마냥 신기했다.

물안개가 가득 피어오른 이른 새벽, 소박함과 평화로움을 담은 풍경이 아침 안개처럼 피어오른다. 풀잎 이슬을 머금은 잘 자란 콩 대는, 좁은 논두렁길을 가득 채운 풍경을 그리고 있다. 한 걸음씩 조심스럽게 논두렁길을 걸어본다. 어린 시절 만났던 그 모습 그대로 잠시 하늘도 올려다본다. 걷다가 조금 휘청거리기라도 하면, 논두렁길의 흙더미와 함께 와르르 무너져 내려앉아 온통 흙투성이가 되곤 했던 그 시절의 어린아이가 되어 본다.

어쩌면 이렇게 조금도 변하지 않았을까? 논두렁길은 내게 한 치의 거짓도, 한 치의 부정도 안겨주지 않는 길이다. 순수하고 경이로운 풍경을 담고 있기에 어쩌면, 내가 이 길을 좋아하는지도 모르겠다. 양손을 길게 뻗은 채, 하나, 둘, 셋, 넷 숫자를 세며 조심스레 논두렁길을 걸었던 그때의 순수함이 그리워진다.

지금 내 눈앞에 펼쳐진 초록빛 세상은, 노랑 콩알처럼 올곧게 여문 길을 만나기 위한 또 하나의 작은 여정의 길이리라. 좁은 논두렁길에서 만들어지고 이루어진, 초록빛 세상을 닮은 풍요로운 결실을 이젠, 내 인생 안에서 아름다운 풍작으로 만나보고 싶다.

03

조리의 추억

"벌써 저녁 할 시간이 다 됐네."

저녁을 알리는 붉은 노을빛이 창문 너머로 환하게 걸렸다. 서둘러 쌀통에서 쌀을 꺼냈다. 올망졸망한 동그란 쌀알이 아우성치듯 그릇에 담긴다. 오늘따라 새하얀 쌀알의 모습이 정겨워 보인다. 다소곳이 담긴 쌀알을 가만히 들여다보니 새삼 빛깔이 희고 곱다는 생각이 든다.

수돗물을 틀어 놓고 쌀을 씻었다. 쌀을 씻는 손이 다른 날보다, 더 빠르게 움직인다. 물속에서 내 손과 함께 이리저리 움직이는 쌀알의 모습이 마치 춤을 추는 듯하다. 쌀을 씻는 내 손의 움직임이 오늘따라 유난스러움을 눈치챘나 보다. 옹기종기 모여 있는 쌀알이 나를 뚫어지게 보는 것 같다.

"조리를 어디에 두었더라?"

아침 밥상에서 돌을 씹고 불편해하는 가족의 얼굴이 마음에 걸렸다. 어머니께서 "시댁에서 농사지어 직접 찧은 쌀이니까, 혹시라도 돌이 나오면 쓰거라" 하시며 주신 조리 생각이 났다.

"조리질해본 적이 언제였지?"

기억을 더듬으며, 새삼 조리를 찾는 내 모습에 웃음이 나왔다. 쓰지 않았던 살림을 모아 둔 베란다 곳곳을 한참 뒤진 후에야 조리를 찾아냈다. 어머니께서 주신 조리는 베란다 한쪽 구석에서 뽀얗게 먼지를 쓴 채 다소곳이 앉아있었다. 어릴 적 만복을 기원하며 집집마다 걸어두었던 대나무로 만든 조리다. 낡았지만 구석구석에 어머니의 따뜻한 손길과 채취가 가득 묻어있다. 조리를 깨끗이 씻어 쌀 그릇에 담가 보았다. 새하얀 쌀과 조리를 잡은 하얀 내 손이 묘한 조화를 이룬다.

'잘 나오지도 않던 돌이 왜 나왔을까?'

조리를 잡은 손에 힘을 주었다. 노련한 손놀림으로 조리질을 하시던 어머니의 모습을 떠올리며 손목을 움직여 보았다. 손을 움직일수록 출렁대는 물과 쌀알의 부딪치는 어색한 움직임만 있을 뿐, 쌀알은 조리 속을 요리조리 피해 다녔다. 마음처럼 조리질은 쉽게 되지 않았다. 쌀알은 물결 따라 도망 다닐 뿐 조리 속으로 들어오려 하지 않았다.

저녁 시간은 계속 흘러가고, 결국 조리질을 포기하고 말았다.

대신, 두 개의 그릇을 이용하여 쌀을 이쪽, 저쪽 옮겨가며 돌이 있나 확인하는 방법을 선택했다. 이 방법도 서툴다 보니 괜히 요란스럽게 흔든 손목만이 싸하게 아파져 왔다. 한 솥의 밥을 하기 위해 쌀을 이리도 정성껏 씻은 기억이 있었던가? 쌀을 씻으며 바쁘게 움직이는 내 손을 보니 허탈한 웃음이 나왔다.

이런, 오늘따라 유난스럽게 쌀 씻는 걸 놀리기라도 하듯, 손은 그새 물에 불어있었다. 불은 손에 잔주름이 선명하게 드러난다. 순간, 검게 일그러지고 주름이 가득한 어머니의 손이 떠올랐다. 건강이 좋지 않아 힘든 일을 하지 못하시는 아버지와 올망졸망한 육 남매의 생계를 위해 한평생 고단한 삶을 사신 어머니. 어머니의 몸은 늘 성할 날이 없었다. 이른 새벽부터 붉은 노을이 질 때까지, 낫으로 척척 갈나무를 베시던 어머니. 갈나무를 새끼줄로 묶으시던 어머니의 상처 가득한 손은 늘 쉴 새 없이 움직이고 있었다. 손엔 거뭇거뭇한 가시가 박히고, 나뭇가지에 긁힌 팔목과 팔뚝엔 언제나 붉은 상처들로 가득했다.

조리를 손에 다시 잡아 보았다. 밥을 지으실 때마다 조리질하시던 어머니의 모습이 떠올랐다. 조리질하시는 어머니의 손은 언제나 춤을 추듯 가볍게 움직였다. 두 눈 속에 아득하게 차오르는 눈물과 함께 어머니의 검은 손이 서럽게 교차되었다. 그때 어린 나의 눈엔 조리질하시는 어머니의 거칠고 검은 손이 왜 춤을 추는 것처럼 보였을까? 조리와 대조적으로 보이는 곱고 하얀 내 손이 부끄럽게 느껴졌다. 나도 모르게 얼른 손을 뒤로 감추었다.

"어디 가서 손 내밀 때가 젤로 부끄럽드라. 고생도 지긋지긋하게 마이 하기도 했지만, 사람들이 내 손을 보고 '고생 마이 했네.' 하는 소리가 이젠 듣기 싫드라. 뭘 발라야 이 시꺼먼 손이 쫌 하애질까?"

손을 들여다보면 힘겹게 살았던 고생스러운 시절이 떠올라서일까? 모진 풍파 속에서 살아온 그 세월을 잊고 싶은 것이었을까? 딸 앞에서 검은 손을 접었다 폈다 하시는 어머니의 손놀림은 서글프게 보였다. 고생스러웠던 한스러운 삶을 훌훌 털어버리고픈 몸부림 같았다. "울 딸은 고생 모르고 살아야 하는데, 예쁘고 고운 손 그대로 있어야 하는데."

거칠거칠한 손으로 딸의 손을 꼭 쥐어 주시던 어머니의 손에서 따뜻한 온기가 느껴졌다.

창문을 활짝 열었다. 바람을 벗 삼아 지친 듯 힘겹게 온몸을 흔드는 논두렁 갈대의 움직임이 스산하다. 흔들리는 갈대의 움직임 속에 구부정한 허리로 텃밭을 왔다 갔다 하시는 어머니의 모습이 스친다. 어머니의 두 손을 꼭 보듬어 잡고, 한 번만 꼭 안아볼 수 있다면 얼마나 좋을까?

"이리 와 봐라, 조리질은 이렇게 하는 거다. 그래서 식구들 밥 끓여주고 살 것 나?"

어느새 어머니는 부엌으로 들어오셔서 조리를 돌리시며 쌀을 일고 계셨다. 어머니의 손이 움직일 때마다 신기하게도 쌀알은 제집을 찾아가듯이 조리 속으로 쏙쏙 들어갔다.

"우리 엄마 손은 지금도 새처럼 춤을 기가 막히게 추네."

어머니 옆에는 조리를 잡은 어머니의 손놀림을 신기한 듯 바라보는 작은 소녀가 서 있었다. 어머니의 따뜻하고 인자한 미소가 작은 시골집 부엌을 가득 채웠다. 조리질하시는 어머니의 손은 거칠지도 검지도 않았다. 눈처럼 하얗고 새털처럼 고왔다. 어머니의 손은, 잔잔한 바람 속에서 하늘을 나는 새처럼 너울너울 춤을 추고 있었다.

04

봉숭아

여름의 끝자락은 어김없이 비바람을 동행하고 찾아와, 마지막을 향해 치닫고 있었다. 밤새 비바람이 성화를 부렸다. 도저히 잠을 이룰 수가 없었다. 빗소리가 커질 때마다 낮에 보았던 예쁜 꽃들이 가슴을 비집고 나왔다. 가슴이 먹먹해져 왔다. 길가 나직한 담장이 마음에 걸렸다. 마음은 온통 그 작은 담장으로 가 있었다. 창문에 떨어지는 빗방울 모양이 커질 때마다, 담장 아래에서 떨고 있을 봉숭아 꽃대가 생각났다.

작은 시골길에 철판을 세워 만든 담장을 만난 것은 우연이었다. 매일 그 담장 앞을 지나는 일은 나의 일상이었다. 스치듯 지나가는 담장 앞에서 어느 날 나도 모르게 발걸음이 멈추어졌다. 철판만이 덩그러니 서 있던 작은 담장 밑에 손가락만 한 크기의 초록빛 식물들이 자라고 있었다. 무심코 지나치면 이름 모를 들풀쯤으로 여겨질 초록 잎을 자세히 보니 봉숭아 꽃대였다.
바람에 날아온 씨앗이 싹을 틔운 것일까? 사람들의 손길과 시선이 가지 않는 곳에 작은 생명이 자라고 있다는 사실이 신기했다. 작았지만 담장 틈 사이에 제법 단단한 줄기를 내리고 있었다. 그렇게 길가 작은 담장 아래 봉숭아 꽃대와의 첫 만남은 내게 특별한 시간과 추억을 갖게 해 주었다. 담장 앞을 지날 때마다, 조금씩 봉숭아 꽃대가 자라나며 올라올 때마다 어린 시절 추억을 떠올리게 했다. 가슴에서 멀어져 가고 있는 향수와 그리움을 하나둘 되살아나게 해주는 따뜻한 존재가 되었다.
고향 집 뜰과 장독대 옆에는, 언제나 봉숭아꽃이 가득 피어올랐었다. 꽃대의 키가 어찌나 큰지 어머니께서는 끈으로 허리를 묶어 주곤 했다. 손톱에 색을 내는, 멋이 흔하지 않았던 시절, 봉숭아 꽃물을 들이는 일 또한 그냥 지나칠 수 없는 여름의 추억이었다.
"꽃잎만으로는 색이 예쁘게 들지 않는단다." 하시며 손톱에 봉숭아꽃물을 들일 때면, 어머니께서는 명반을 챙겨주셨다. 빨강, 하양, 분홍, 보라 꽃잎과 손가락 끝 모양을 닮은 초록빛 잎을 명반과 함께 올려놓고 돌로 찧었다. 쿵 하는 소리가 날 때마다 붉게 배어 나오는 꽃물은, 첫사랑의 설레는 마음을 알고 싶은 소녀의 수줍은 가슴을 붉은빛으로 물들게 했다.

작은 담장 아래 손가락만 하던 봉숭아 꽃대가 제법 키가 자랐다. 꽃봉오리가 생기더니 빨갛고 하얀 꽃이 한 송이씩 열리기 시작했다. 담장은 어느새 아름다운 꽃밭이 되어가고 있었다. 작은 담장을 오가며 꽃을 만날 때마다 환하게 웃고 있는 나를 만나곤 했다. 꽃대를 만져보고, 색깔별로 꽃송이도 세어보며, 어린 시절 고향 집 뜰 아래 서 있는 소녀가 되기도 했다. 작은 담장 아래 피어난 봉숭아꽃 역시 어린 시절 내게 그리움을 가득 안겨주던 그 꽃대 같았다.

언제 그랬냐는 듯 비바람은 감쪽같이 그쳤다. 날이 밝자마자 담장으로 달려갔다. 담장 아래 꽃들이 환하게 웃고 있던, 어제의 모습 그대로 있어 주기를 간절하게 바랐다. 설마, 아니겠지? 담장 아래에서 손가락만 한 봉숭아꽃 대를 처음 만난 순간이 떠올랐다. 하지만 꽃잎은 모두 떨어져 땅바닥에 널브러지고, 꽃대는 대부분 비바람에 부러져있었다.

아직 떨어지지 않은 작은 꽃 몇 송이만이 애처롭게 꽃대에 매달린 채, 지친 듯 떨고 있었다. 쓰러진 꽃대에 고여 있는 빗방울만 말없이 뚝뚝 떨어지고 있었다. 넋 나간 듯이 작은 담장 아래 쪼그리고 앉았다. 이별의 순간은 언제나 이렇게 허무하게 찾아오는 것일까? 이별이 아닌 한바탕 지나간 여름 끝자락의 모습이리라. 수북하게 떨어진 꽃잎은 어쩌면 당연히 찾아오는 이별의 모습이건만, 그만 눈물이 쏟아지고 말았다. 고향 집 담장 아래 봉숭아꽃이 떠올랐다. 내 고향 집 뜰에도 여름의 끝자락은 거센 비바람을 몰고 다녀갔을까? 그곳에도 꽃과의 이별이 아프게 지나갔을까? 다시 피어날 내년을 기약하는 이별쯤으로 여기기엔 빈 가슴이 너무 무겁고 아팠다.
마음속에 그리워하고 추억할 수 있는 고향은 있지만, 찾아갈 고향 집이 내게는 없다. 따뜻하게 안아보고 싶은 고향의 향수는, 그리움이라는 이름으로 아프게 찾아온다. 오늘 같은 이별은 더욱더 고향을 향한 그리움으로 물들게 한다.

작년 이맘때 여름의 끝자락에서 고향 집 동네를 찾았다. 오랜 세월이 흘렀음에도 달라진 것은 별로 없었다. 항상 열려 있었던 나무 대문은 철문으로 바뀌었고, 담장은 커다란 벽돌 담장으로 바뀌어있었다.
순간 흐드러지듯이 내 눈으로 들어오는 것이 있었다. 언제나 가슴 한 곳에 남아 해마다 봉숭아꽃을 피고 지게 했던 그 담장. 그 담장 아래엔 여전히 봉숭아꽃이 가득 피어있었다. 담장 아래 봉숭아 꽃대는, 오랜 세월 내 가슴속에서 피고 지던 꽃이었다. 조금도 변하지 않은 환한 모습으로 활짝 피어있었다.
꽃대를 지탱하지 못할 만큼의 빨강, 보라, 분홍, 하얀 꽃을 가득 달고 서 있었다. 어린 시절에도 봉숭아 꽃대는 언제나 그렇게

서 있었다. 작은 소녀의 고사리 같은 손길로 손톱에 물들여 줄 꽃물이 되기를 기다렸었다. 주인은 바뀌었어도 계절이 바뀔 때마다 저 스스로 나고 지기를 반복하며 살아왔을 꽃대를 보니 가슴이 울컥해졌다.

차마 안으로는 들어가지 못하고 골목 어귀에서 고향 집을 넋을 놓고 바라보았다. 집 마당 장독대, 뒤뜰에 돌멩이, 봉숭아 꽃잎을 빻던 평상, 고향 집 안도 변하지는 않았으리라. 문을 열면 장독대 옆에도, 봉숭아꽃이 가득 피어있을 것 같고, 앉아서 놀던 평상도, 뒤뜰로 가는 모퉁이에 돌멩이도 그대로 있을 것 같았다. 작은 손에 쥐어져 봉숭아꽃 잎을 찧던 돌멩이는 어쩌면, 지금도 뒤뜰에서 나를 기다리고 있을지도 모른다고 생각하니, 눈가에 눈물이 고였다. 봉숭아꽃 향기가 바람에 실려 내게로 왔다. 세월이 흘러 커다란 어른이 된 그 소녀가 고향 집골목 어귀에서 서성거리는 안타까운 마음을 알고 있다는 듯이.

비바람이 지나간 작은 담장 아래 꽃대를 뽑고 땅을 고르게 밟아 주었다. 이별을 맞이했지만, 다시 찾아올 새로운 만남을 위해 정성껏 담장 주변을 정리했다. 손톱에 봉숭아 꽃물을 들이는 것보다, 꽃을 바라보는 것이 더 좋은 나이가 된 지금, 고향 집 담장 아래 봉숭아꽃을 생각해본다. 마당에 모여 앉아 봉숭아 꽃잎을 찧고, 봉숭아 꽃물을 들이던 추억을 다시 만난다. 고향 집 담장에 피어있던 봉숭아 꽃잎이 바람을 타고 날아오는 것 같다. 지금 비바람이 남기고 간 아픈 흔적은 더 아름다운 해후를 위한 준비이자 약속이리라. 떠나도 변하지 않는 것, 시간이 지날수록 더 깊어지고 끈끈해지는 것. 그리움 속에 오래오래 남는 것. 내가 잠시나마 작은 담장에서 오랜 추억을 만나 향수를 느끼며 행복에 잠겼듯이 말이다. 어린 시절 소박한 추억을 떠올리며 여전히 먼 곳의 향기와 정취를 느낄 수 있는, 특별한 기쁨을 내게 안겨준 길가 작은 담장. 지금 내 가슴엔 그리움을 가득 담은 봉숭아꽃 향기가 그윽하게 스며든다. 그리고 나는 작은 담장 아래서 아름다운 해후를 꿈꾼다. 깊은 그리움이 길가 작은 담장의 작은 봉숭아꽃대로 찾아와 나를 행복하게 해 주었던 그 날이 다시 오기를 기다리며.

05

다시 별을 노래하다

무더위가 기승을 부리는 시골의 여름밤은 조용히 깊어만 갔다. 온종일 개울가의 물기가 마르기도 전에, 어둑어둑 찾아온 여름밤은 고요하기만 했다. 약속이나 한 듯 까만 밤하늘엔 밤 별들이 오순도순 정답게 떠 있다. 별빛만큼 노란 불빛을 쏟아내는 가로등 아래로 작은 소녀의 그림자가 하나둘 모여든다. 제 몸보다 큼직한 모기를 따라 어지러운 날갯짓으로 춤을 추는 하루살이가 바쁘게 움직인다. 별을 찾아 모여드는 소녀의 발걸음도 바쁘게 움직인다. 골목길 가로등 아래, 하늘 향해 고개를 높이 든 소녀들의 검은 눈동자와 마주친 달님이 빙그레 웃고 있다.

"순자야, 왜 이제 나왔어? 오늘은 나한테 졌다. 오늘 내 별은 북두칠성이다."

"그럼, 오늘은 네가 이겼네, 나는 큰 곰이나 해야지."
"큰 곰도 춘화가 벌써 찜했다. 작은 곰 할래? 미자도 저기 오네. 빨리 와라."
"그럼 내 별은 저기 저 위에서 반짝이는 작은 곰이네. 내일은 꼭 일등으로 나와야지."
"우리 별 노래 불러보자. 날 저무는 하늘에 별이 삼 형제 반짝반짝 정답게 지내이더니, 웬일인지 별 하나 보이지 않고 남은 별만 둘이서 눈물 흘리네."
별 뜨는 밤이 되면 소녀들은 골목 가로등 밑으로 하나둘 모여들었다. 누구보다도 먼저 가로등 아래로 가고 싶어 했다. 골목길을 달려오는 소녀의 발걸음 소리가 멀리서 들려온다. 골목길 가로등 아래로 제일 먼저 오는 친구가 먼저 자기만의 별을 정할 수 있었다. 일찍 나온 친구만이 누릴 수 있는 특권인 셈이었다. 일찍 온 친구가 정해 놓은 별을 보고, 제 별이라고 우기는 친구도 없었다. 소중한 친구가 가슴에 품은 별이라는 것만으로도 충분히 아름다운 것이었다. 친구들은 서로가 정한 자신의 별을 바라보며 마음의 소원을 이야기했다. 밤이 깊어가는 줄도 모르고, 별을 이야기하며 꿈을 키웠다. 별과 친구의 소중함을 알았던 것일까?
친구들은 모두 여름 밤하늘에 떠 있는 별을 너무도 좋아했다.

밤이 깊어 새벽이 다가올 즈음까지도 가로등 아래서 재잘거리는 시간이 그렇게 좋을 수가 없었다. 제일 좋아하는 별을 차지하고 싶은 마음에, 골목길 가로등을 향해 내달리던 발걸음이 그리워진다. 별을 바라볼 수 있는 것만으로도 행복해하며, 별만큼의 꿈을 꾸고 또 꾸었다. 빛나는 별을 가득 담은 밤하늘은 끝없이 펼쳐진 바다였다. 소녀의 꿈을 키워주고, 꿈을 담아주는 커다란 꿈 바구니였다. 별이 몸에 힘을 주고 반짝하던 순간, 별의 모습은 마치 큰 눈을 끔뻑거리는 커다란 물고기 같았다. 어린 내 동생이 죔죔 하며 고사리 같은 작은 두 손을 접었다 폈다 하는 모습 같기도 했다.

내 어린 시절의 이야기이다. 그때, 밤하늘의 별들은 아름답고 정다웠다. 별을 노래하며 마음을 달랬고, 별을 보며 꿈을 키웠다. 별이 좋아 별이 되겠다고, 별처럼 높은 곳에 올라 별 같은 사람이 되겠다고,

금방이라도 눈 속으로 쏟아져 내릴 것 같았던 그 많던 별빛, 너무 눈부셔 얼굴을 찡그리고 두 눈을 비비면서도 별을 사랑했었다. 별빛 아래에서는 모기에게 뜯긴 팔뚝도, 순식간에 몸을 웅크리게 하는 밤바람도, 모두 정다운 친구였다. 옹기종기 모여 앉아 별을 보고, 별을 노래하는 것만으로도 행복하던 시절이었다. 가로등 불빛 아래 한 줄로 조르라니 앉은 그때 그 소녀들의

모습이 별빛에 실려 스쳐 지나간다.

살며시 거울 앞에 서 있는 내 모습을 보았다. 세월을 가르며 바쁘게 살아온 한 여인의 모습이 거울 속에 들어 있다. 소녀의 모습은 온데간데없고 변해버린 여인의 모습만 덩그러니 서 있다. 매일 보는 내 모습이건만 오늘따라 낯설어 보인다.

거울 속에서 그리운 어머니의 목소리가 들려온다.

"다 저녁에 또 나가나? 별이 그렇게 좋을까?"

별을 보러 나가는 딸을 바라보시며 웃음 지으시는 어머니의 모습이 보인다. 어머니의 목소리를 뒤로하고 골목 가로등을 향해 달리는 소녀의 모습이 보인다. 그리고 별을 노래하는 소녀의 모습도 보인다. 돌아가고픈 그리운 모습이다.

별이 반짝거릴 때마다 그 별빛을 두 눈에 담으려 했었다. 두 눈에 힘을 주고 다시 눈을 크게 떴다. 소녀 적의 얼굴은 세월에 모두 내어주었지만, 희미하게나마 별을 닮은 소녀의 모습이 보인다. 반가움과 안타까움이 울컥 울음으로 밀려온다. 거울 속의 여인은 그렇게 말없이 서서 소녀의 마음으로 별을 바라보고 서 있었다. 여인의 모습은 너무도 많이 변해 있었다. 몸은 너무 지쳐 있었고, 마음은 황폐해진 채 거친 숨을 몰아쉬고 있었다. 밤하늘의 별보다도 더 크고 환한 세상의 별을 찾아 헤매다 지친 유랑자의 모습 그것이었다.

애써 밤이 오길 기다리고, 가슴을 졸이며 별이 뜨길 기다렸다. 이렇게 간절하게 별을 기다린 적이 있었던가? 하나, 둘, 셋, 넷 드디어 별이 떠오르기 시작한다. 반짝반짝 찬란한 별들이 밤하늘을 수놓으며 떠오른다. 다시 찾은 열세 살 소녀적 내가 바라보았던 그 하늘에서 별 무리가 꿈처럼 다시 떠오른다. 끝없이 펼쳐진 밤하늘 속에서 소녀가 걸을 때마다 온화한 표정을 지으며 따라 걷는 별 무리를 보았다. 십 대, 이십 대, 삼십 대 때도, 그 별은 온전히 소녀를 따라 걷고 있었다. 어린 시절 그 아름다운 별을 잊고, 더 큰 별을 찾기 위해 힘겹게 달리고 있는 소녀를. 별 무리는 쉬지 않고 온화한 빛을 내려주고 있었다.

별이라는, 참으로 소중한 의미 속의 진실이 내게 깊게 스며들어 온다. 어린 시절 동경했던 밤하늘의 별이 가장 아름답다는 사실과 내가 마지막 순간까지 노래해야 할 별은, 밤하늘에 떠 있는 별이라는 사실. 그리고 내 마음속에서 살아 숨 쉬고 있는 소중한 마음의 별이라는 것을. 내 꿈을 키워주고, 나를 행복에 젖게 해 주던 그때 그 별들은 변하지 않고 지금까지 내 머리 위에서 내가 가는 길마다 환하게 별빛을 내려 주고 있었다.

"우리가 찾는 별은 결코 먼 곳에 있는 것이 아니야. 마음을 비우고 초심으로 돌아갈 때 열 살 소녀 때의 그 아름다운 별을 가질 수가 있지."

욕심을 버리고, 가슴을 비우고, 마음을 감싸 안았다. 그러자 별은 나를 내 소녀 시절 추억이 가득한 그 여름밤 가로등 불빛 아래로 데려다주었다. 별빛과 가로등 불빛이 교차하는 가로등 아래에서 나는 열세 살 소녀가 되었다.

"날 저무는 하늘에 별이 삼 형제 반짝반짝 정답게 지내이더니 웬일인지 별 하나 보이지 않고 남은 별만 둘이서 눈물 흘리네."

비로소 나는 세상의 별이 아닌 가슴속의 소중한 별들을 만날 수 있었다. 그리고 아련해진 나의 별과 나의 추억을 찾을 수가 있었다. 그 아름다웠던 추억 속의 별과 지금 세상에서 내가 만나고 있는 소중한 별을 노래할 수 있었다.

06

울 엄마표 오이지

어린 시절 즐겨 먹었던 음식 중 빼놓을 수 없는 반찬이 있다. 바로 울 엄마표 오이지이다. 어머니는 해마다 여름이 되면 커다란 통에 한가득 오이지를 담그셨다. 날씬하고 긴 오이보다, 구부러지고 모양이 일정하지 않은 오이를 밭에서 한 자루 따 오셨다. 마당의 화덕에다 굵은소금을 넣은 물을 팔팔 끓인 후, 통에 담아놓은 오이에 붓는다. 위로 뜨지 않게 무거운 돌로 오이를 눌러놓고, 며칠 후 소금물을 다시 끓여서 붓기를 서너 번 반복한다. 그 상태로 시간이 지나면 초록색 오이는, 누런빛이 돌기 시작하면서 아삭아삭 맛 좋은 오이지가 된다. 정말 신기하게도 길쭉하고 날씬한 오이지보다, 구부러지고 작은 오이가 정말 훨씬 맛있는 오이지가 된다.

고기, 생선 반찬이 따로 없어도, 오이지는 한여름 밥반찬으로 최고였다. 오이지를 썰어 물기를 꼭 짜서, 다진 마늘, 들기름, 고춧가루를 넣고 무친 꼬들꼬들한 오이지야말로 정말 그 맛이 일품이었다.

가끔 재래시장에 가면 크기와 모양이 제각각인 오이를 파는 할머니를 본다. 날씬하고 긴 오이보다 작고 구부러진 볼품없는 오이에 시선이 간다. 바구니에 소복하게 담긴 오이지를 보면 왠지 포근하고 정답다. 아삭아삭 오이가 맛 들었을 때 오이지를 담가야 한다며, 마당과 밭을 오가시던 어머니의 모습이 떠오른다. 차곡차곡 오이를 통에 담으시던 모습. 화덕에 장작을 때며 소금물을 끓이시던 모습, 오이지 하나 들고 밥 먹는 자식들을 사랑스럽게 바라보시던 눈빛이 지금도 생생하게 떠오른다. 제때 끼니를 손수 차려주기 어려웠던 그 시절, 작은 오이지 한 개만 있으면 밥 한 그릇을 맛있게 뚝딱 먹을 수 있었다.

해마다 여름이 되면 늘 어린 시절 즐겨 먹던 오이지를 한 접 담근다. 어머니께서?담그셨던 방법으로 소금물을 팔팔 끓여 오이지를 담근다. 오이지 반찬을 해 먹을 때마다 어머니의 오이지 생각이 간절하다. 또 담가놓은 오이지가 한 통 있으면 왠지 마음이 뿌듯해진다.

요즘은 물 없이 담그는 오이지가 대세다.

"소금, 식초, 설탕만 넣으면 새콤달콤 오이지가 되니까, 언니도 이제 힘들게 소금물을 끓여서 오이지를 담그지 않아도 돼"
동생의 말에 올해는 나도 소금, 식초, 설탕만 넣고 오이지를 담갔다. 큰 통도, 돌도 필요 없었다. 그냥 커다란 비닐봉지에 오이와 재료를 넣으면 끝이었다. 담그는 방법도 간단했는데 정말 신기하게도 며칠 만에 오이가 노란빛을 띤 오이지가 되었다. 오이를 썰어 물기를 꼭 짜서 무쳤는데 왠지 아쉬움이 남았다. 쉽고 간편하게 오이지가 완성되긴 했지만, 뭔가 빠진 듯한 채워지지 않는 느낌이 들었다. 마트 진열대에 곱게 포장되어있는 오이지보다, 집에서 직접 담아 함지에 담아놓고 파는 재래시장의 소박한 오이지에 더 눈길이 간다. 오랜 습관으로 인해 채워지지 않는 허전함 같은 것이 밀려온다.
같은 오이로 방법만 조금 달리해서 만들었을 뿐인데, 어린 시절 어머니께서 담가 주시던 그 맛과 향기가 나지 않았다. 오랜 세월 입에 밴 맛을 바꾸려고 한 내가 오히려 민망할 정도로 어머니의 손맛이 그리워졌다. 몸은 힘들어도 손쉬워진 편안함에서 오는 맛보다는 추억에서 오는 맛을 먹고 사는 나이가 되었다고 생각하니 씁쓸하기도 하다.
며칠 전 오이지를 좋아하는 여동생과 통화를 했다. 어린 시절 먹던 엄마 오이지가 생각나서 담가보고 싶은데, 가족들이 잘 안 먹어서 재래시장에 가서 그냥 조금 사서 먹는 거로 만족한다고….

어머니의 맛있는 오이지를 함께 먹고 자랐는데 여동생이라고 왜 오이지 생각이 간절하지 않을까? 마트에서 파는 오이지는 집에서 만들어 먹던 오이지와는 맛이 천지 차이다.

다행히 내가 사는 곳은 오일장이 선다. 장날이면 시골 동네에 사시는 할머니들이 집에서 직접 담근 오이지를 갖고 오셔서 판다. 어쩜 모양과 색깔, 맛깔스럽게 쪼글쪼글해진 오이지 모습이 딱 울 엄마표 오이지를 가득 닮았다. 오이지를 사서 돌아오는 길, 머릿속엔 온통 고향 마을에서의 오이지와 어머니의 모습이 그림처럼 하나하나 그려진다.

돌아오는 주말에는 잊지 못할 엄마표 오이지를 넉넉하게 담가 봐야겠다. 울 엄마표 오이지 맛을 그리워하며 사는 형제들에게 택배로 보내줘야겠다. 오이지를 받고 함께 자라면서 가슴에 쌓인 추억을 회상하며, 웃음 지을 형제들을 생각하니 벌써 마음이 훈훈해진다.

07

담장 아래 핀 꽃

초등학교 시절 두 번째로 이사한 집은 담장 아래 작은 화단이 있었다. 그 집으로 이사 온 후 알게 되었다. 어머니가 꽃을 정말로 좋아한다는 것을. 동네 대부분이 대문 양쪽으로 담장 아래 작은 화단을 갖고 있었다. 시골집 담장 아래 풍경은 대부분 파, 부추, 상추 등이 심겨 있거나, 오이, 호박 넝쿨이 담장을 에워싸고 있었다. 어른들은 작은 자투리땅이나 놀고 있는 땅이 있으면, 농작물을 하나라도 더 심는 것을 당연한 것으로 여겼다.

하지만 어머니는 담장 아래 작은 화단에 농작물을 심지 않았다. 우리 집 담장 아래 화단에는 맨드라미, 봉숭아, 채송화꽃이 가득 피어 있었다. 담장이 보이지 않을 만큼 큰 키로 자라나, 아름다운 꽃과 향기로 우리 집 화단을 화려하게 장식했다.

노란 국화꽃도 줄지어 가득 피어났다. 그뿐만이 아니었다. 집안 마당에는 봉숭아가 얼마나 많이 심겨 있는지 장독대 옆 빈 곳을 다 차지했다.

어머니는 마당에서 빨래나 일하실 때면, 바가지에 물을 받아 몇 차례 휙휙 뿌려주었다. 어린 동생들 세수시킬 때도, 김칫거리를 다듬을 때도, 꽃대에 물을 듬뿍 뿌려 주었다. 그럴 때마다 꽃대는 제 몸을 흔들었고, 꽃잎은 더 생생하게 피어났다.

꽃밭에 물을 뿌려주는 일은 꽃이 잘 자라게 하고 싶은 어머니의 마음이자 당연히 해야 할 일이었다. 늘 집에서 본 어머니의 옷차림은 종아리까지 오는 알록달록 치마에 연하늘색 반팔 티셔츠 차림의 모습이었다.

"꽃들도 물을 많이 먹어야 잘 자라지."

빨간 바가지를 들고 꽃밭에 물을 휙휙 뿌리던 어머니의 모습이 지금도 눈에 선하다. 마당의 꽃밭과 담장 아래 화단에 풀이라도 나면 꼼꼼하게 뽑아주셨다.

여름이면 동네 친구들은 손톱에 봉숭아꽃물을 들이기 위해 우리 집 평상으로 모여들었다. 마당에 봉숭아꽃이 형형색색 곱게 피어있으니, 얼마든지 손톱에 봉숭아 꽃물을 들일 수 있었다. 어머니는 친구들을 위해 명반을 준비해 주고, 손톱에 무명실을 묶어 주시기도 했다.

“고사리 같은 손에도 이렇게 손톱 물을 들이니 곱네.”
“엄마 어릴 때도 외숙모가 손톱에 봉숭아꽃물을 들여 줬었지.”
외할머니가 너무 일찍 돌아가셔서 어릴 때 외숙모가 어머니를 키웠다는 말씀을 자주 하셨다. 결혼 후 멀리 고향을 떠나와 너무 힘들게 살다 보니, 고향에 찾아가서 만나보지도 못했다고 하셨다. 어머니의 사랑을 모르고 자란 어머니는 내 친구들이 오면 딸처럼 따뜻하게 잘 챙겨 주셨다.
지금도 친구들은 내 어머니의 모습을 자상하고 인자한 모습으로 기억한다. 배고픈 친구를 위해 아낌없이 고봉밥을 퍼 주시던 모습이 생생하게 떠오른다.
꽃밭에 풀을 뽑을 때면, 어머니는 콧노래를 흥얼거리셨다. 가수 이미자와 조미미의 노래가 끊임없이 흘러나왔다.
‘엄마는 저렇게 많은 노래를 어떻게 다 알까?’ 할 정도로 많은 노래를 알고 계셨다. 생각해 보면 어머니는 종일 밖에서 힘들게 일하고, 밤이면 집안일에 지친 몸에도, 꽃밭에 물을 주며 무럭무럭 피어나는 꽃을 보며 달랬던 것 같다.
어린 마음에 옆집 담장 아래, 오이와 호박이 주렁주렁 열리면 부럽기도 했다. 특히 날씬하고 달달한 오이가 주렁주렁 열리면, 왜 그렇게 그 오이가 먹고 싶었을까? 우리 집 담장 아래 예쁜 꽃이 피어 있으면 기분이 좋으면서도, 꽃이 아닌 맛있는 오이가

엄마 생전의 가꾸시던 담장 아래 꽃밭에 맨드라미꽃이 활짝 피었다

주렁주렁 열렸으면 좋겠다고 생각을 하기도 했다.

"이 꽃 참 이쁘재?"

작은 채송화꽃을 보며 환하게 웃으시던 어머니의 모습이 떠오른다. 힘든 시절이었지만,

'꽃을 보는 순간엔 어머니도 잔잔한 행복을 느끼셨을까?'

'엄마, 마당과 담장 아래 꽃을 볼 때마다 진정 행복했던 거 맞지요?'

생전 어머니와 그런 대화까지는 나눠보지 못했지만, 그 시절이 새록새록 떠오르는 지금,

"그럼, 정말 좋았지."

하는 어머니의 따뜻한 음성이 들리는 듯하다.

08

오래된 그리움

오래된 그리움이 울컥 솟구쳐 올라왔다. 그럴 때마다 더욱더 생생하게 다가오는 기억의 단면들. 가슴속을 비집고 들어오던 응어리진 떨림과 흔들리는 눈빛 속에 그려지는 깊은 여정. 오래된 깊은 추억 하나 꺼내 들고 하늘을 올려다본다. 해마다 찾아오는 겨울바람은 여전히 차갑지만 작은 가슴 한쪽은 훈훈하다. 오랜 시간이 흘러도 내 몸 곳곳에 스며있는 그리움은, 온기로 가득 채워져 있다.

허한 마음의 무게에 방향을 잃은 발길은, 어딘가를 향해 터벅터벅 걸었다. 한참을 걷고 걸어도 발길이 멈춰서는 곳은 늘 같은 곳이다. 언제라도 찾아가면 반가운 사람을 만날 수 있을 것 같은 곳. 작은 재래시장이다. 길가에 늘어서 있는 좌판 위엔, 할머니의 꽃상추가 바구니에 가득 담겨 있다. 반질반질 윤기가 흐르는 먹음직스럽고 탐스러운 꽃상추, 마치 한 떨기 탐스러운 꽃잎 같다. 연둣빛과 보랏빛이 함께 빚어낸, 소박한 빛을 가득 머금은 가을꽃처럼 그 모습이 따뜻하다.
연세가 지긋하신 할머니 앞에 놓인 상추 바구니를 집어 들었다. 친정어머니가 살아계신다면 이 어르신만큼의 주름을 가진 모습일까? 노장의 할머니가 된 모습을 보여주지 못하고, 일찍 먼 길 가신 친정어머니를 떠올려본다. 헤어짐을 통해 가장 큰 그리움이 무엇인지를 알게 해 주신 분, 그리움이라는 무게 속에서도, 가슴으로 삶의 의미를 조금이나마 가늠할 수 있는 마음을 갖게 해 주신 분. 집으로 가는 길이 온통 그리움과 추억으로 수놓아졌다. 한 손에는 꽃상추가 가득 담긴 봉지를 들고, 가슴에는 그리운 친정어머니를 가득 담고. 다른 한 손에는 어쩌면 옆에 계실지도 모르는 친정어머니를 위해 따뜻하게 비워두고. 애써 참은 눈물이 찬바람이 스치는 얼굴 위로 조용히 흘러내린다.
친정어머니께서는 꽃상추를 무척 좋아하셨다. 여름이면 커다란 바구니에 가득 담긴 꽃상추와 빨간 고추장이 늘 밥 상위를 장식했다. 어찌나 맛있게 드시던지 나는 옆에 앉아 작은 상추를 골라 함께 싸 먹곤 했다. 텃밭에라도 나가시면 그냥 빈손으로 오시지 않으셨다. 꽃잎처럼 활짝 핀 꽃상추를 따서는, 양손에 한 아름씩 안고 오셨다. 마치 초록빛 풍성한 꽃이 환하게 피어있는 듯했다.

오래전 기억을 다시 떠올려본다. 아마도 그때 처음 느꼈던 것 같다. 상추쌈을 싸서 맛있게 드시는 어머니 목선이 늘어져 있는 것을 우연히 보았던 그 날, 어린 마음에도 '우리 엄마가 할머니처럼 늙어 가시는구나.' 하는 생각을 했다. 어머니의 목을 보며 한참을 우울해했던 그때의 기억. 그때 어머니는 정말 할머니가 되고 있었던 것일까?

이제 그 시절의 어린 나는 그때 어머니의 나이를 훌쩍 넘은, 꽃상추를 즐겨 먹는 중년의 모습이다. 꽃상추를 한 바구니 씻어 저녁 식탁에 올렸다. 소박하고 정겨운 나의 식탁에서 친정어머니를 만난다. 커다란 상추 한 잎을 손에 올려놓고, 밥 한 숟가락에 빨간 고추장을 찍어 쌈을 싸서 입에 넣었다. 작고 연한 상추 한 잎을 골라 쌈을 싸서 딸아이에게도 내밀었다. 상추쌈을 받아먹고 있는 딸아이의 모습에서 오래전 일상 속의 추억을 만난다. 상추쌈을 먹고 있는 내 목선도 그때 어머니처럼 늘어져 있을까? 중년의 내 나이를, 아니 훗날 할머니가 된 나의 모습이 보일까? 혹시, 친정어머니께서 이런 내 모습을 보시고,

"우리 딸도 이젠 나이가 많이 들었네"

하시며 안타까운 마음을 갖지는 않으실까? 이런저런 상념에 잠기다 보니 그리움에 눈물짓던 얼굴 위로 미소를 짓고 있는 내 모습이 보인다.

깊은 그리움으로, 긴 세월 아픔으로만 남아있을 것 같았던, 먼 이별의 상처들. 이젠 아픔만이 아닌 오랜 그리움의 이름으로 깊게 자리하면서, 인생을 조금씩 알아가며 한 걸음씩 살아가는 오늘. 나는 여전히 세월 속으로 달려가고 있다. 그런 그리움 하나 가슴에 묻어 두고 꺼내 보고 사는 것도, 살아가면서 만나는 인생의 깊은 여정이라는 것을. 어쩌면 그런 아픔 속에서 눈물과 함께 만나는 깊은 그리움이, 진한 사람의 향기를 만들어주는 일이라는 것을.

오래된 그리움 하나 가슴에 묻고 사는 일 또한 하나의 작은 행복이리라.

09

가을밤 노래자랑

여름밤 저녁을 먹고 나면, 친구들과 동네 가로등이 있는 빈터로 자주 모였다. 가로등을 달고 있는 키가 큰 전봇대가 있어서 친구들과 모여 놀기에 좋은 장소였다. 말하지 않아도 여름밤이면 대여섯 명의 친구들은 그곳으로 하나둘 모여들었다.

노란 달님과 별이 총총 가득한 밤하늘은 여름밤의 근사한 선물이었다. 가로등 불빛이 가득한 공터에 시원한 바람과 어스름한 밤은, 지금 생각해도 평화로움으로 가득했던 것 같다.

노래 부르기를 좋아하는 친구가 있었는데 바로 미자와 나였다. 노래를 자주 부르시는 어머니처럼 나도 언제나 흥얼거릴 때가 많았다. 당시 유행가는 모두 훤히 꿰뚫고 있었다. 그때 그 여름밤 불렀던 노래 중 지금도 또렷하게 기억나는 노래가 있다. '별

보며 달 보며' 라는 동요였는데 나는 유독 이 노래를 좋아했다.

별 보며 달 보며

멀리서 반짝이는 별님과 같이
의좋게 사귀고서 놀아봤으면
높푸른 하늘나라 별님의 나라
그곳에 나도 가서 살아봤으면

언제나 웃고 있는 달님과 함께
웃으며 귓속말로 나눠봤으면
영원한 웃음 나라 달님의 나라
그곳에 나도 가서 웃어봤으면

지금 불러 봐도 가사와 곡이 너무 동화처럼 예쁜 곡이다. 또 어린 시절 순수한 정서를 고스란히 담고 있는 노래이다. 공터에는 마을 어른들이 겨울 땔감으로 쓰려고 베어다 놓은 나무가 수북하게 쌓여있었다. 노래 부를 때면 쌓아놓은 나무 위가 무대였다. 그냥 아래에서 불러도 되는데, 굳이 쌓아놓은 나무 위로 올라가 무대 삼아 불렀다. 발을 조금 벌리고, 양손을 모아 배에 대고, 고개를 양쪽으로 가볍게 갸웃거리면서. 친구들은 노래자랑 대회라도 나온 것처럼 정석으로 진지하게 노래 부르는 내 모습을 보며 깔깔대며 웃었다

"너네들 앞에 나와서 부르는 거니까 노래자랑 맞지.".

이 노래 외에 '섬집아기' 라는 노래도 내가 좋아하는 노래였다. 바닷가의 아기와 엄마를 상상하면 걱정이 되었다. 모랫길을 달려가는 어머니의 모습을 상상하며 많이 불렀던 곡이다.

섬집아기

엄마가 섬 그늘에 굴 따러 가면
아기가 혼자 남아 집을 보다가
바다가 불러주는 자장노래에
팔 베고 스르르르 잠이 듭니다.

아기는 잠을 곤히 자고 있지만
갈매기 울음소리 맘이 설레어
다 못 찬 굴 바구니 머리에 이고
엄마는 모랫길을 달려옵니다.

큰애를 키울 때 등에 업고 자장가로 이 노래를 자주 불러 주었었다. 결혼 후 직장을 그만두고 갓 4개월이 지난 큰애를 데리고 이곳 안성으로 이사를 왔다. 지금 생각해보면 외롭고 힘든 일이 많았던 시절이었다. 아이를 키우면서 자연스럽게 '섬집아기 ' 노래를 자주 불렀다. 아이를 업고 그 노래를 부르면 고향 생각, 엄마 생각이 났다. 그러면서 나 스스로 위안을 받았던 것 같다. 엄마가 된 후, 그 노래를 부르면서 비로소 부모님의 마음을 조금씩 알아가기 시작했던 것 같다. 지금도 가끔 이 노래를 흥얼거린다. 부르면 부를수록 정감이 가는 노래이다. 다 못 찬 굴 바구니를 머리에 이고 달려오는 젊은 어머니의 모습이 눈에 보이는 것 같다.

10

부모님과 참외

어린 시절 채소와 과일을 많이 먹고 자랐다. 시골에 땅이 있지는 않았지만, 부모님은 동네에 묵은 땅을 조금 일궈서 텃밭처럼 가꾸셨다. 어머니는 새벽 일찍부터 밭에 나가 일하셨고, 그 밭에서 채소와 과일을 가득 갖고 오셨다. 아침에 자고 일어나면 이른 아침 밭에서 금방 따온 여러 가지 농산물이 마당에 놓여 있었다. 특히, 한 움큼 뜯어온 아욱으로 끓인 된장국 맛은 정말 일품이었다. 어머니 손에 들린 저 초록색 잎들이 맛있는 국이 된다는 게 신기할 정도였다.

마트에 가면 가지런하게 포장되어있는 노란 참외를 보면 어머니 생각이 난다. 어머니는 과일을 좋아하셨다. 그중 특히 노란 참외를 무척 좋아하셨다. 시장에서 과일을 살 때 덤으로 하나 가져가라면, 어머니는 꼭 참외를 집으셨다. 예쁘고 잘생긴 참외는 자식들에게 깎아주시고, 깨지거나 모양이 안 예쁜 것은 늘 어머니께서 드셨다. 참외 반을 뚝 잘라서 맛있게 드시던 어머니의 모습이 생각난다.

아버지도 과일 중, 유독 참외를 좋아하셨다. 어려서 두 분이 한 동네에서 자랐으니 좋아하는 과일도 비슷한 것으로 생각했다. 특히 아버지는 자랄 때 개구리참외를 맛있게 드셨다고 했는데 흔하게 보기 어려웠다. 나중에 개구리참외를 사 드리고 싶어도 사기 쉽지 않았다. 부모님의 고향이 충청도였는데 참외를 꼭 참이라고 부르셨다. 어릴 적 자랄 때 참외를 참이로 부른 것 같다. 언젠가 충청도 다녀오는 길에, 도로 한편에서 참외를 팔고 있었다. 자세히 보니 알록달록 개구리 무늬가 있는 개구리참외였다. 반가운 마음에 참외를 사서 아버지께 갖다 드렸다. 한 개 깎아 드렸더니 예전에 먹던 맛이 아니라고 하셨다.

"고생해서 사 왔는데 어쩌냐?"

하며 허허 웃으셨다. 아버지께서 맛있게 드실 생각만으로도 좋았는데, 그 맛이 아니라니 조금은 허탈한 마음이 들었다.

아버지께서 개구리참외가 생각났다고 하신 것은 고향이 생각났다는 것일 것이다. 어머니와 함께 그렇게 떠나온 고향을 맘 놓고 가지도 못하고 사셨다. 훗날 30여 년이 지난 후에 고향을 찾으셨으니 마음속에 얼마나 한이 쌓이셨을까? 주위에 친척들이라도 많아서 의지하고 살았더라면 고단한 삶이 조금은 위로라도 되었을 텐데, 부모님을 생각하면 지금도 가슴이 아프다.

"그렇게 많은 세월이 흘렀는데 참외 맛이 변하는 것도 당연하지"

하시던 아버지의 말씀이 지금도 잊히지 않는다.

부모님을 닮아서인지 나도 참외를 무척 좋아한다. 참외를 먹을 때면 유독 부모님 생각이 많이 난다. 마당, 수돗가, 마루에 앉아서 참외를 까서 손에 쥐여 주시던 어머니 모습이 그립다.

일부러 마트에 가도 참외를 사지 않을 때도 있었다. 과일 코너에 과일 중 참외가 눈에 들어오면 마음이 불편해졌다. 참외를 까먹을 때마다 왜 그렇게 부모님 생각이 나는지 너무 속상하고 화가 났다. 지금 살아계셨다면 70 중반을 훌쩍 넘은 나이가 되셨을 것이다. 살아 계셨더라면 부모님을 위해 참외정도는 원없이 사드렸을텐데….

좋은 걸 봤을 때, 꼭 사드리고 싶은데, 이젠 사 드릴 수 있는데 그런 생각을 하면 가슴이 먹먹해져 온다. 사랑하는 부모님이 이젠 곁에 계시지 않다는 사실은 많은 시간이 흘렀음에도 여전히 나를 가슴 아프게 한다.

친한 친구의 어머니도 이제 칠십 중반을 넘으셨는데, 요즘 건강이 많이 안 좋으시다. 그 친구는 평일은 휴가를 쓰거나, 주말과

휴일은 시간을 내 친정에 가서 어머니를 돌보고 온다. 친구는 한동안 그렇게 생활하니 집안일도 엉망이고 몸도 힘들다고 했다. 늘 얼굴이 힘들고 피곤해 보인다.
힘들어하는 친구에게 차마 말은 하지 못하고 마음속으로 이런 생각을 했다.
'친구야. 나는 그래도 네가 너무 부러워. 힘들어도 그렇게라도 챙길 수 있는 부모님이 살아 계셨으면 좋겠어.'
요즘은 부모님께서 좋아하시던 과일만 봐도 향수에 젖고, 자꾸 고향 쪽을 돌아보게 된다. 이제 나도 그만큼 나이를 먹어간다는 증거일 것이다. 어떤 사물을 보더라도 자꾸 고향과 관련지어 생각하게 된다. 이 간절한 마음은 나이를 더 먹을수록 흐릿해지지 않고 더욱 간절해질 것 같다. 그래도 그리워할 수 있는 고향이 있다는 것에 감사하는 마음을 가지며 마음을 위로해본다.

11

아버지의 텃밭

어린 시절 내가 살던 동네는 여름이 되면 홍수가 자주 일어났다. 홍수철 개울은 늘 물이 철철 넘쳐흘렀다. 홍수가 나기 전 개울은 동네 아이들이 맘껏 헤엄치며 놀 수 있는 곳이었다. 하지만 홍수가 나면 넓은 개울은 온통 흙탕물로 가득했고, 수많은 잡동사니가 둥둥 떠다녔다. 아침에 일어나면 아버지께서 제일 먼저

"절대로 뚝방에 나가지 말아라, 큰일 난다."

하시며 단속을 하셨다. 물이 가득한 개울에 나갔다가 잘못하면 물에 휩쓸려 떠내려갈 수도 있었다.

어느 해부터인가 해마다 지긋지긋하게 내리던 비의 양이 줄어들면서 자연스럽게 홍수를 잊게 되었다. 개울물은 늘 중간을 유지하며 흐르고, 개울가는 바닥을 드러내고 늘 맨땅으로 있었다.

그즈음 물이 흐르지 않는 개울의 빈 땅에 동네 사람들이 농사를 짓기 시작했다. 아버지도 그때 개울 한쪽 땅을 개간해서 옥수수, 콩, 깻잎, 배추 등을 심어 농작물을 키우셨다.
늘 물로 가득했던 동네 개울 곳곳에서 농작물이 자라났다. 아버지는 자전거 뒤에 낫, 비료 등을 싣고 매일 밭에 나가 농사일을 하셨다. 집에 돌아오시는 아버지의 자전거에는 옥수수, 호박, 파 등이 가득 실려 있을 때가 많았다. 아버지는 동네 사람들과 나눠 먹는 것을 좋아하셔서 이웃에게 아낌없이 나눠 주기도 하셨다.
가끔 친구들과 놀다가 개울가에 가면, 혼자 밭을 일구는 아버지를 보곤 했다. 밖에 나가서 힘든 일을 하지 못하시는 아버지는 작은 텃밭에서 열심히 농사일을 하셨다. 개울 한쪽에는 여전히 아버지의 자전거가 세워져 있었다.
나중에 성인이 되어 집을 떠나 직장생활을 할 때도, 내가 결혼했을 때도, 아버지는 개울가 빈 땅에서 농사를 지으셨다. 오이, 호박, 가지, 콩 등 아버지께서 정성으로 일군 밭은 늘 풍년이었고 농산물이 가득했다. 오래도록 개울가 곳곳의 빈 땅은 동네 사람들에게 농산물을 수확할 수 있는 좋은 땅의 역할을 해냈다.
결혼 후 첫아이를 낳았을 때 아버지께서 농사지은 호박으로 호박즙을 내려 주셨다. 흔한 호박즙이지만, 그래도 아버지의 정성이 가득 들어간 호박으로 내린 즙에 욕심이 났다. 어머니는 다 아버지가 농사지은 거라며 깻잎, 고추 장아찌도 담가 주셨다. 그 작은 개울가 밭에서 나온 농산물은 무궁무진했다. 열무, 무, 배추, 고춧가루 등 골고루 심어서 정성스럽게 가꾸셨다. 아버지는 개울가 밭을 일구는 일을 일상에 큰일로 여기신 것 같다.
내가 결혼하기 전, 더덕 농사를 지으신다며 땅을 빌려 더덕을 많이 심으셨다. 한 육 년 열심히 잘 키워서 돈 좀 벌어보시겠다는 마음에서 시작하셨을 것이다. 주말에 시간을 내서 친정에 가면 가족 모두 더덕밭으로 향했다. 필요한 세간을 넣어놓을 수 있는 작은 컨테이너도 있었고, 밥을 해 먹을 수 있는 준비도 다 되어 있었다. 아버지 솜씨로 만든 그럴싸한 평상도 있었다. 온 가족이 온종일 더덕밭에서 풀을 뽑으며 밭일을 했다. 삼겹살도 구워 먹고, 흐르는 맑은 물에 커다란 수박과 참외도 담가 놓았다.
멀리 놀러 가지 않아도 아버지의 더덕밭은 먹거리만 챙겨 오면 천국이 따로 없었다. 시원한 바람, 맑은 공기, 자연의 멋진 풍경 등 더 바랄 것이 없었다. 드넓은 밭에서 딸아이는 맘껏 뛰어놀았다. 주변에 개암나무도 많았고, 오디나무까지 있었다. 옛날 생각을 하며 주전자를 들고나가 오디를 따서 주전자에 담았다. 입술이 검붉어지는 오디를 딸아이는 맛있게 먹었다.
가끔 친정에 가면 아버지는 거의 더덕밭에 계셨기 때문에 늘 밭에 가서 많은 시간을 보냈다. 어렵사리 시작한 더덕 농사, 더 연

아버지는 개울가 밭을 일구는 일을 일상에서 가장 큰 보람으로 여기신 것 같다

세가 드시기 전에 시작해서 여생을 어머니와 잘 살고 싶은 마음에 시작하셨을 것이다.
하지만 농사를 지은 지 삼 년 정도 지났을까 그만 병을 얻으셨다. 힘들게 농사일을 하시는 아버지를 좀 더 돌아보고 챙겨 드렸어야 했는데, 후회해도 그땐 너무 늦었다. 아버지의 더덕밭은 그렇게 정리가 되고, 이후 그 더덕밭을 찾은 기억이 없다. 더덕밭 근처만 지나면 너무 가슴이 아파서 애써 눈을 감고 외면했다.
그러나 어머니께서 살고 계신 동네 개울가의 텃밭은 차를 타고 오가는 길에 있다. 개울가를 지날 때면 차창으로 목을 빼고 개울 밑을 내려다본다. 개울 한쪽에 세워져 있는 아버지의 자전거, 홀로 밭을 일구시며 가끔 허리를 펴고 수건으로 이마에 흐른 땀을 닦던 모습, 추억 속에 아버지는 건강하고 젊은 모습으로 여전히 개울가 텃밭을 가꾸고 계신다.

〈제3장〉

가을처럼 익어가는 성숙의 단상

01

어머니, 초록빛 봄이에요

"씀바귀랑 고들빼기가 제법 새파랗게 올라왔지? 내 맘 내키면 구름처럼 바람처럼 딸 집으로 휭하니 갈란다."

진달래, 개나리, 벚꽃이 만발하는 봄이 오면, 전화선을 타고 어김없이 흘러나오는 친정어머니의 레퍼토리다. 전화기 속에서 들려오는 어머니의 목소리에 초록빛 봄이 가득 묻어 있다. 해마다 초록빛 봄은 언제나 전화기 선을 타고 들려오는 어머니의 목소리로부터 내게 수줍게 전해져 왔다.

딸이 사는 아파트 근처 들판에, 씀바귀 고들빼기가 새록새록 제법 커다랗게 올라오고 있는 것을 보신 것처럼, 봄 냉이, 쑥부쟁이가 온 들판을 그윽한 향기로 가득 채운 것을 눈앞에서 보시기라도 하신 것처럼, 신록의 계절 봄을 노래하는 어머니의 봄 이야기는 전화선을 타고 쉴 새 없이 이어진다.

내 어머니께 봄은 특별한 의미를 지닌다. 언 땅을 뚫고 올라온 봄의 탄생과 함께, 어머니의 외롭고 추운 긴 겨울이 끝난 것에 대한 안도의 한숨이며, 외로움이 겨울보다는 훨씬 덜한 봄에 대한 반가움의 의미이다. 어머니의 봄 이야기를 마음에 하나 가득 담아본다. 봄이 오면 유독 자식들을 그리워하시며, 목소리를 듣고 싶어 하시는 어머니의 마음과 사랑이 초록 이슬처럼 뚝뚝 떨어져 내린다.

"엄마, 바람처럼 구름처럼 딸 집에 오겠다는 타령 들으니 또, 일 년이 후딱 지나가고 봄이 왔네요! 이제 바람 타령, 구름 타령만 하지 마시고, 저희집에 놀러 오셔요."

"내 가고 싶으면 언제든지 간다. 에미가 짐 보따리 싸 들고 가면 한 달이 될지, 두 달이 될지, 어쩌면 이 에미 눌러앉아 버릴지도 모른다. 그때 이 에미 구박이나 하지 말아라."

"제발 우리 엄마 그래 봤으면 소원이 없겠네."

부모님께서는 특별한 일이 아니면, 생전 시집간 딸 집에는 걸음을 하지 않으셨다. 출가한 딸 집에 오시는 걸 무슨 큰일이라도 내시는 거로 생각하시며 한번 다녀가시라고 해도,

"느그들이 오면 됐지."

하시며 손을 내저으셨다. 부모라고 자식 집에 찾아가면 그냥 먹던 대로 편하게 대해 주면 되는데 잔치하려고 해서 싫다며 고개

를 흔드셨다. 음식 장만하랴, 용돈 대랴, 차비 대랴, 그러다가 자식들 등골 빼다고 하셨다. 알뜰살뜰 살림해서 부자 되어 살라시며, 친정 부모 생각하지 말고 시부모님께나 잘해 드리라고 하셨다.

'왜 그리도 욕심이 없으셨을까?'

넉넉한 살림살이는 아니었지만, 금덩이보다도 더 귀하고 소중한 자식들 더없는 사랑으로 키워주셨다. 많이 못 해주고 키워서 미안하고, 호강 못 시켜 주어서 미안한 마음의 무게를 늘 지니고 사셨다. 6남매 키워 낸, 한평생 성늘고 아옹다옹 손때 묻은 고향 집을 최고라 여기며, 그렇게 위안 삼아 평생을 사셨다.

이승과 저승과의 이별. 아버지의 부재의 크기는 어머니께 실로 감당할 수 없는 버거운 삶의 무게였다.

신록이 푸르고 봄 향기가 곳곳에 가득한 아름다운 봄날이었다. 진달래꽃에 듬뿍 담은 진홍빛이 너무도 눈이 부셨고, 풍겨오는 꽃향기가 온 세상에 가득한 봄날이었다. 아버지의 상여가 그 날은, 산새들이 양쪽 머리 위로 날갯짓하며 조용히 상여를 따라 날고 있었다. 천붕 같은 슬픔으로 쏟아지는 눈물을 봄 햇살이 어루만져주고 닦아주었던 그런 봄날이었다.

아버지께서 돌아가신 후 어머니께 변화가 생기셨다. 해마다 봄이 오면 어머니의 전화기는 자식들과의 통화로 바빠졌다. 유난히 봄을 많이 타셨다.

"올 한해도 다행히 잘 살았네."

하시며 안도의 한숨을 내쉬셨다. 봄이면 제각기 흩어져 사는 자식들 집에 전화를 걸어 하루에도 몇 번씩 자식들 집을 마음으로 오고 가셨다. 봄의 기운과 생명력이 움츠리고 있었던 어머니의 가슴에 생기를 불어넣어 준 것일까? 푸르른 봄날 상여를 타고 멀리 떠나가시던 그해 봄날이 생각나서일까?

어머니의 목소리에는 생기와 활기가 가득히 담겨 있었다. 아버지께서 돌아가신 후 몇 년 동안은 어머니께서는 봄이 되면 우리 집으로 오셨었다. 작은 가방에 옷가지 몇 개 넣고 기약도 없이 갑자기 오셔서는 집 근처 봄 들판을 걷고 또 걸으셨다. 취나물, 혼 잎, 고들빼기, 씀바귀 등 봄나물을 하나 가득 뜯어 바구니에 담으시며 어린 시절을 추억하고 아버지를 추억하셨다. 뜯어온 나물을 뜨거운 물에 데쳐서 조물조물 무친 봄나물 한 접시에 밥 두 공기를 거뜬하게 드시고는 막걸리도 한 잔 드셨다.

"딸자식 손 잡고 나물도 뜯고, 딸자식이 받아준 막걸리도 한잔 마시고, 참 좋다!"

하시며 구수한 창부타령 한가락을 멋들어지게 부르시곤 하셨다.

어느 해부터인가 자주 전화만 하실 뿐, 친정에나 가야 어머니 얼굴을 뵐 수 있었다.

"엄마, 씀바귀 고들빼기가 엄마 기다리다 지쳤대요. 좀 있으면 세서 먹지도 못할 텐데, 엄마랑 봄나물도 먹고 싶고, 마주 앉아 막걸리도 한잔하고 싶은데 한번 꼭 오세요."

후드득, 후드득!

봄비가 내린다. 우산을 들고 밖으로 나왔다. 아파트 뒷길을 지나 봄 들판을 걸었다.

봄비가 내리는 봄 들판은 부모님을 보낼 때 쏟아져 내리던 눈물과 그날의 봄 산과도 너무도 닮아 있었다. 아버지를 보내던 그날이 슬픔과 그 깊은 슬픔을 가슴에 담고 딸 집을 찾아오셨던 어머니와의 추억이 새록새록 떠오른다. 발걸음을 멈추고 발아래 펼쳐진 봄 들판을 바라보았다. 잔뜩 봄비를 맞은 씀바귀, 고들빼기, 쑥 들이 온몸에 고운 봄비방울을 달고 봄바람에 흔들거리고 있었다.

하염없이 쏟아지는 빗속에서 집에 한번 놀러 오신다는 그 말씀이 메아리처럼 들려온다.

02

산사 가는 길

'세상이 온통 초록빛이다!'

숨 쉬고 있는 모든 생명에 대한 감탄사가 터져 나오는 신록의 계절이다. 봄빛 가득한 들판에서 자연의 순리와 법칙이 감동을 선사한다. 이 순간은 또 하나의 가슴 벅찬 기쁨이다. 쉴 새 없이 다가오는 초록 생명의 전율. 그것은 깊은 고요함 속에서 잔잔하게 밀려오는 천상의 하모니이다. 누가 먼저랄 것도 없이 봄을 예찬하는 환호성이 들판 가득히 울려 퍼진다. 수많은 사람의 눈과 귀가 일제히 땅을 향한다. 생명 탄생의 엄숙함은 삶에 대한 거룩한 경이로움이다. 눈부시게 좋은 봄날, 생명을 향한 감사의 마음이 샘물처럼 솟아오른다. 이토록 커다란 감사함을 느낄 수 있는 순간들이 또 있을까?

'산사에 가고 싶다!'

문득 고즈넉한 산사의 바람과 풍경소리가 그리워진다. 지금쯤 이면 그곳도 분명 봄 향기로 가득 차 있을 것이다. 봄바람이 머물다간 자리엔 초록 새싹이 가득하고, 봄 향기가 쉬어 간 자리엔 키 작은 앉은뱅이 꽃이 피어있을 것이다. 포근하게 안아 줄 봄 햇살도 자리 잡고 있겠지? 입가에 지어지는 미소와 함께 어느새 나의 발길은 저 멀리 보이는 산사를 향해 걷고 있다.

산사로 가는 산길은 온통 봄빛이다. 봄바람이 실컷 머물다 갈 만큼의 넓은 아량을 꿈꾸며 대지를 뚫고 올라오는 생명, 여린 분홍 꽃잎을 바람에 맡긴 채 조심스레 흔들리는 꽃잎, 질세라 아우성치며 코끝이 싸해져 올 만큼 상큼한 향기를 건네주는 나뭇잎, 계절의 향연에 맞춰 콧노래를 부르며 찾아온 사랑스러운 봄의 전령사이다. 숨 쉬고 있는 모든 것들이 열기로 후끈 달아 올라온다. 어느 것 하나 그냥 지나칠 수 없을 만큼 사랑스럽다.

'저기 아지랑이가 보인다.'

넓은 가슴을 내어 주며 어서 오라고 손을 흔든다. 봄 향기에 취한 흰나비 한 쌍이 너울너울 춤을 추고 있다. 잠시 주춤거리더니 뒤도 돌아보지 않고 날개를 파닥이며 아지랑이 쪽으로 날아간다. 나비는 아마도 멀리서 아른거리는 아지랑이를 꽃이라고 생각했나 보다.

'그래, 아지랑이 꽃이라고 해 두자!'

함께 봄날을 즐기고 싶은 나의 마음은 아랑곳하지 않고 날아간 흰나비! 서운함도 잠시, 힘차게 날아가는 그 모습조차도 정답다. 봄바람에 두 볼이 간지럽다. 사람의 마음이란 참 야릇하고 신기하다. 멀리 아지랑이의 현란한 움직임 속 흰나비의 날갯짓에서도 반짝거리는 사랑빛을 발견하니 말이다. 그리고 언제 그랬냐는 듯 커다란 함박웃음을 지을 수 있으니 말이다. 하긴 이 화창한 5월에 꽃이 아니고, 아름다움이 아니고, 사랑이 아닌 것이 무엇이 있으랴!

'산사의 향기가 전해져온다.'

산사로 올라가는 길가에 노란빛과 하얀빛의 민들레꽃이 가득하다. 단아한 모습으로 동그랗게 둘러싸인 꽃잎이 마치 수줍은 새색시 같다. 손끝으로 만져본 노란 꽃잎이 참 부드럽다. 신부의 면사포를 연상케 하는 새하얀 민들레 홀씨도 가득하다.

산사로 가는 산길에 잠시 나를 내려놓고 싶다. 노랗고 하얀 세상에 나를 고요하게 담아두고 싶다. 꽃, 바람, 향기가 만들어내는 오묘한 조화에 눈이 부시다. 새하얀 홀씨는 훨훨 날아 세상 곳곳에 뿌리를 내릴 것이다. 바람에 날려 온 민들레 홀씨가 얼굴에 내려앉는다. 내게도 생명의 홀씨를 뿌려 주는 것일까? 그렇다면 나는 오월의 싱그러운 생명을 받은 아리따운 봄 여인, 아니, 봄 처녀쯤으로 해 두자. 이 평화로운 봄 안에서는 그 어떤 표현도, 그 어떤 수식어도, 어울리지 않을 것이 없으니까.

온몸으로 산바람을 맞으며 올라온 호젓한 산사! 동행해 온 봄과 함께 바라보는 산사의 모습은 더없이 아름답다. 뒤를 돌아보니 파란 하늘과 내가 걸어 올라온 산길이 그림처럼 곱게 펼쳐져 있다. 산사로 가는 길에서 마음과 눈길로 만났던 모든 것들이 웃음으로 나를 반겨준다.

'뎅그렁, 뎅그렁'

맑은 풍경소리를 들려주는 산사의 모습이 보인다

고즈넉한 산사의 풍경소리가 들려온다. 신록이 우거진 깊은 산속 산사에서 울리는 맑고 청명한 소리다. 꽃잎이 내려앉듯 고요하게 내려앉는 그윽한 소리. 기다리고 있었다는 듯, 들려주고 싶었다는 듯 산사는 그렇게 말없이 내게로 조용히 다가온다.

'아! 저기 산사가 보인다.'

산사에 가면, 내 안에 고요한 나를 만날 수 있다. 어린 시절 친구들과 손잡고 올라갔던 뒷산의 절이 생각난다. 가슴속엔 고요한 평화가 채워진다. 산사에는 세상의 바람 앞에 흔들릴 때, 나를 꼭 안아주는 포근함이 있다. 언제든 찾아오라며 따뜻한 손길로 지친 등을 토닥거려준다. 쉬어갈 수 있는 고운 길을 맘껏 내주겠노라는 배려도 잊지 않는다. 산사에는 봄을 맘껏 예찬할 수 있는 마음의 여유가 가득하다. 맑은 풍경소리를 들려주는 산사의 모습이 보인다.

그저 바라보는 것만으로도 황홀하다. 설레는 마음과 함께 다시 발걸음이 바쁘게 움직인다. 조금만 더 가면 커다란 위안의 기쁨을 만날 수 있다.

'어서 가자, 어서 가자, 나를 반겨줄 그윽한 산사로!'

'어서 가자, 어서 가자, 내 그리움이 가득한 아름다운 산사로!'

03

노란 자전거의 꿈

새하얀 안개꽃 한 다발을 안은 노란 자전거 한 대가 멀리서 달려온다. 구름과 바람을 벗 삼아 춤을 추듯 페달을 밟으며 달려오는 노란 자전거. 탐스러운 안개꽃과 함께 자전거를 타고 달려오는 풍경이 일상 속에 소담스럽게 담긴다. 고단함에 지친 내 몸을 작은 안장에 앉혀주고 위안과 평온을 주던 자전거. 하늘과 땅 사이를 달리며 따뜻함과 편안함으로 이어주는 자전거. 자전거를 타고 달릴 때면 마냥 신나고 즐겁다.

자전거를 타고 달리면서 바라보는 세상의 모습은 또 다른 특별함이 있었다. 그 느낌은 마른 땅을 촉촉하게 적셔주는 기분 좋은 단비와도 같은 것이었다. 비를 맞고 자전거를 탈 때면 젖은 옷의 향기와 불편함조차도 내게는 즐거움을 주었다. 자전거를 타고 세상을 향해 달리는 의미는, 향기롭게 살아 있음을 의미하는 것이기도 했다.
자전거는 바람과 세상 속으로, 함께 달려 나갈 수 있는 친구 같은 존재였다. 그런데 세월의 흐름 속에서 사물을 보는 나의 시선과 느낌에도 변화가 찾아왔다. 세상을 대하는 맑은 시선은, 살아가면서 우리가 만나는 가장 맑은 것 중의 한 가지일 것이다. 그 맑음을 위해 사람들은 자신을 돌아보고, 매만지고, 가꿔가며 열심히 살아가고 있다.
내게도 그 아름답고 소중한 것들이, 빛나는 삶의 조각들로 무수하게 많이 다가왔던 때가 있었다. 생각해 보면 그 소중한 것들을 어리석게도 너무도 많이 가치를 못 찾고 흘려버린 채 살아왔다. 오래전 자전거를 타고 만났던 기분 좋은 단비 같은 의미와 세상을 바라보는 나의 시선도 함께 퇴색해져 갔다.
아무런 준비 없이 그냥 의지만으로 잡지도 못할 강물을 잡으려, 달리고 또 달렸던 시간. 아쉬움 속에서 바라만 보다가 소중한 삶의 순간을 많이 놓쳐버렸다. 가장 아름답고 귀한 만남이란 이름으로 내게 왔던, 무수히 많은 것들. 나의 눈길 속에서 생명이 되지 못하고 흘러간 것들. 떠나간 것이 하나, 둘 되살아나 다시 내게로 오는 것 같다. 사람, 마음, 웃음, 맑은 공기, 작은 책, 그리고 어느 날, 문득 내게 찾아와 나를 설레게 했던 햇살과 바람까지도.

아버지께서 처음 사 주신 자전거를 타고 달리다 넘어져 손과 무릎에 심한 상처가 났었다. 빨간 피와 깊이 파인 상처가 너무 아파 울기도 했지만, 그 두려움과 아픔도 잠시였다. 상처가 다 아물기도 전에 나는 다시 자전거를 타고 넓은 세상을 동경하며 달렸다. 가슴을 열고 자전거를 타고 달리면서 만나는 세상에 비하면, 그깟 아픔쯤은 아무것도 아니었다. 하늘, 바람, 들꽃, 나무, 그리고 훗날 만나게 될 먼 산 너머 꿈도 함께 달려주었으니까. 모두 내 마음에 들어앉은 친구 같은 존재들이었으니까.

그 시절, 쓰리고 아팠던 상처의 통증까지도 선명하게 생각난다. 내 소중한 의미들을 놓친 후에 달리는 삶이 너무 힘겨웠던 것일까? 목마름과 힘겨움이 메마른 갈증을 토해내며 잠시 나를 멈추어 세운다. 참 오랜만에 편안한 마음으로 멈추어 서 보는 것 같다. 두 발이 땅에 닿는 순간, 그 어떤 무게가 가볍게 나를 벗어나고 있음이 느껴진다. 그리고 나를 설레게 했던 단비 같은 의미의 맑은 시선이 하나, 둘, 살아 나와 나를 다독여주며 세워주는 것 같다.

신기하게도 세상의 빛이 달라 보인다. 분명히 어제 내가 만났던 하늘빛, 꽃 빛, 바람 빛과는 사뭇 다른 빛이 보였다. 그리고 그 빛 속에는 맑은 의미를 내뿜으며 살아 움직이고 있었다. 무언가 나를 향해 한꺼번에 따뜻하게 다가오고 있는 것 같았다. 그동안 내가 보지 못하고 외면했던 많은 것들이 파노라마처럼 내게 다가오고 있는 것일까? 늙음이란 존재하지 않음을, 지친 발걸음을 멈춰 세운 나를 환영이라도 해 주는 것 같다.

지금이라도 다시 보고, 느끼고, 사랑하며 삶의 의미를 찾아 살아보라며 내게 주는 특별한 선물 같다. 바람에 흔들리는 나뭇가지. 햇살 속에 떠다니는 먼지, 작은 앉은뱅이 꽃들이 정다워 보인다. 너무 작고 초라해서 무심하게 대했던 것들, 잊힘으로 인해서 눈에 보이지 않았던 것들, 그렇게 스쳐 지나갔던 작은 것들이 이제는 의미 있는 이야기로 다가온다. 지금, 이 순간, 내게 소중한 의미의 단비가 되어 나를 촉촉하게 적셔주고 있다.

자전거를 타고 다시 아름다운 것들을 천천히 담아보며 무심코 보냈던 것들과 재회하고 싶다. 자전거를 타고 세상을 향해 달리던 그 느낌을 다시 내 몸과 마음에 담아 두고 싶다. 꿈이 되살아와 나를 다시 세상의 한가운데 멈추어 세웠으니, 이제 이 순간을 잘 간직하고 싶다. 내 마음에서, 그리고 내가 머물고 있는 이 자리에서 소중한 것들을 만나고, 사랑하며 살고 싶다.

아침에 만나는 눈 부신 햇살을 받는 것을, 넘치는 행복으로 여기며 살아가는 소박하고 맑은 사람이 되어 보고 싶다. 가슴으로 스며드는 향기를 지닌 바람이 다가와 내 등을 두드려 줄 것이다. 나는 보지 못했지만 나를 보았던 것들, 내 손을 원했지만 차가운 가슴으로 밀어낸 것들, 나를 감싸 안으려 했던 소중한 것들과 아름다운 해후가 나를 기다리고 있다. 노란 자전거를 타고 푸른 세상을 천천히 둘러보고 돌아보며 바람처럼, 물처럼 살아보고 싶다.

04

봄의 향연

4월의 한낮. 향기로운 봄이다. 무언가 스치듯 다가왔다. 문득 봄 산에 오르고 싶은 생각이 들었다. 배낭을 짊어지고 집에서 가장 가까운 산으로 향했다. 바싹 다가선 봄의 숨결이 어서 오라는 듯 코끝으로 감돈다.

오랜만에 산을 향해 나서니 움츠러들었던 어깨가 가벼워졌다. 길었던 겨울의 여운이 떠날 준비를 하고 있다. 계절은 그렇게 서서히 물러나고 있었고, 그 사이를 비집고 들어온 봄은 어느새 산 곳곳에 자리를 잡고 있었다.

봄바람은 그렇게 스치듯 가까이 다가왔다. 오랫동안 기다렸다는 듯 회안의 미소를 지으며. 긴장했던 내 마음 틈새로 따뜻한 포옹이라도 해 올 것 같은 기세로 싱그런 향기가 스며들었다. 고개를 돌리면 아주 가까이서 금방이라도 한 아름 꽃잎을 선사

해줄 것만 같다. 얼마 만에 느껴보는 봄의 기운인가? 봄바람에 꼭꼭 숨어있던 속살들이?세상을 향해 수줍게 얼굴을 내민다. 봄바람이 살짝 얼굴을 스칠 때의 시원함도 잠시, 따뜻하고 훈훈한 온기가 전해온다.
그때 나의 시야에 무더기로 들어오는 분홍빛 무리가 있었다. 세상에, 산 곳곳에 분홍 물감을 찍어놓은 듯 다소곳하게 자리 잡고 있는 진달래꽃 아닌가? 고개를 돌려 주변을 돌아보니 산은 이미 활짝 핀 분홍빛 진달래로 제대로 봄 산이 되어가고 있었다. 반가움에 나도 모르게 내 입에서는 '와!' 하는 감탄의 소리가 쏟아져 나왔다.
황금찬 시인의 "어머님의 아리랑"이라는 시가 떠올랐다. 함경북도에서 가난했던 시절 어머니는 참꽃을 따다 왕기에 담아 주었는데, 먹어도 먹어도 배가 부르지 않았다는 내용이 나오는 시였다. 허공에 귀를 대고 가만히 들어본다. 봄 노래 한 자락, 봄 시 한 자락이 감미롭게 들려온다. 두 눈을 크게 뜨고 봄빛 도는 싱그러운 대지를 둘러본다. 바람 사이에 봄 향기도 살짝 걸려 있다. 봄의 즐거움을 동반해오는 한 폭의 아름다운 그림이다.?
어린 시절, 봄이면 어머니께서도 진달래 꽃잎을 따다 화전을 만들어주셨다. 감자와 양파를 갈거나, 밀가루 반죽으로 부침개를 부칠 때 진달래 꽃잎을 위에 살짝 얹어 주셨다. 마당에서 부침개를 부칠 때, 고사리 같은 손으로 부침개 위에 진달래 꽃잎을 조심스레 올려보기도 했었다. 동생들과 서로 꽃잎이 있는 부분을 먹으려고 하면, 어머니는 사이좋게 먹으라며 꽃잎을 최대한 많이 올려주셨다.

한들한들 바람에 흔들리는 진달래 꽃잎이 아기 손처럼 부드럽다. 그 작은 가지 사이에서 무리로 피어있는 꽃을 보니 동네 앞산의 진달래꽃이 생각난다. 앞산에 오르면 친구들과 진달래꽃을 많이 따먹었다. 봄이면 진달래꽃과 아카시아꽃을 따 먹는 재미가 쏠쏠했다.

산에 올라오면 한바탕 봄바람에 봄 꿈을 꾼다. 봄바람은 늘 새로운 시작을 알려주는 의미이다. 흔들리는 것만이 봄바람은 결코 아닌 것 같다. 지치고 외로운 마음을 반듯하게 세워주는 봄바람은, 흔들리는 것만을 주는 것은 아니다. 나는 여전히 봄바람에 대한 집착을 버리지 못한다. 그러나 세월을 뒤로하고 불어오는 바람은 그 이상의 의미이다. 이미 익숙해진 향기와 흔들림이지만 분명 다르다. 새롭게 불어오는 봄바람 속엔, 살아 숨 쉬는 무언가가 있다. 이 순간 맞이하는 봄바람은 내겐 언제나 희망이고 꿈이다. 내 가슴에 집을 짓고 나와 함께 살아가는 그 봄바람. 내 삶을 향기로 채워줄 봄의 조각들이다.

그러면서 어느새 나는 내 고향으로 가 있다. 내 유년 시절과 고향의 모습은 언제나 나의 분신처럼 내 기억의 한 부분을 차지하고 있다. 세월이 흐르고 모든 것들이 많이 변한 지금에도 추억과 고향은 늘 생생하게 살아있다. 몸은 고향에 없지만, 가끔은 나의 일부는 아직 그곳에 남아서 현재의 나와 함께 살고 있다는 생각이 든다. 새롭게 기억되는 것보다 기억 속에서 희미해지는 게 더 많은 나이가 되었다. 그러나 고향의 기억만큼은 새롭게 샘물처럼 맑아지는 순간이 많다. 참 신기하고도 감사한 일이다.

소유하는 것보다 내려놓고 정리하는 것을 더 중요시해야 할 나이가 되어간다. 지금껏 살아오면서 가져보기도 하고 잃어보기도 하면서 많은 경험을 하면서 살아왔다. 물질보다 내 유년의 기억을 잃게 되는 일이 더 슬프리라는 것을 조금씩 알아간다. 그 속에는 부모님, 형제자매, 친구들, 소중한 나, 그리고 내 삶의 일부가 아직도 고스란히 고향에 살아있기 때문이다.

부모님도 여전히 고향 집에서 살고 계실 것 같은 생각을 한다. 그런 생각을 하면 왠지 아이처럼 마음이 편안해지고 든든해진다. 떠나온 지 오래되었지만, 고향은 언제나 늘 내가 그리워해야 할 곳인 것 같다. 진달래꽃 몇 잎을 따 손바닥에 올려놓고 고향 쪽으로 후 불어보았다. 지금쯤 그곳에도 앞산엔 진달래꽃이 만발해있겠지? 꽃전을 부쳐주시던 어머니의 모습이 그림처럼

눈 앞에 펼쳐진다. 내게로 불어오는 봄바람 속에서 고향 쪽을
바라보며 목청껏 벚꽃 같은 봄노래를 불러보고 싶다.

05

가을 운동회

고향의 가을 하늘은 높고 푸르렀다. 은빛 잠자리 날개에 눈부실 만큼 수많은 잠자리가 하늘을 날아다녔다. 초등학교에서 가을 운동회가 열리는 날은, 온 마을이 시끌벅적한 날이었다. 집집마다 찐 밤, 찐 계란, 과일 등 맛있는 음식을 만들어 온 가족이 학교로 모이는 날이기도 했다. 그때만 해도 대가족이 많았던 때라 한 집에 가족 수가 보통 열 명이 넘었다. 할머니, 할아버지, 사돈에 팔촌까지 운동회를 구경하기 위해 모두 모였다.

한 학년에 6반까지 있었고, 한 반의 학생 수는 오륙 십여 명 정도 되었다. 전교생이 모두 함께하는 가을 운동회 날은 마을의 잔칫날이었다. 운동장 스탠드가 학생들로 꽉 차고 그 뒤로 잔디밭, 나무 밑은 가을 운동회를 구경하기 위해 온 사람들로 북적

거렸다.

가을 운동회의 꽃은 고학년 여학생들의 매스게임이었다. 검은 색 매스게임 옷을 입고 훌라후프를 들고 춤추듯이 줄 맞춰서 하는 율동이었다. 더운 뙤약볕 아래, 방과 후에도 운동장에 모여 엄격한 선생님의 훈련 속에서, 호되게 매스게임 연습을 했다. 연습 때는 힘들었지만, 줄 맞춰서 마치 하나처럼 움직이는 매스게임의 포스는 관중의 큰 박수를 받았다.

여학생들의 고전무용 또한 가을 운동회가 열리는 하늘 아래에서 펼쳐지는 멋진 볼거리였다. 머리에는 화려한 족두리를 쓰고, 양손에는 분홍색 부채를 들고, 한여름 뜨거운 운동장에서 배운 무용 실력을 뽐내는 자리기도 했다. 물결 모양을 만들며, 삼삼오오 짝을 지어 춤사위를 만들어낼 때마다 큰 박수 소리가 운동장에 울려 퍼졌다.

다른 아이들보다 큰 키였던 나는 어머니께서 빌려오신 한복 치마가 조금 짧았다. 빨간 저고리에 연두색 치마였는데, 껑충 올라간 치마가 오래전 사진 속에 그대로 남아 있다.

점심을 먹고 난 오후에는 장애물 달리기 순서가 이어졌다. 몇 개의 장애물을 건너고 달리다가 미션 카드 한 장씩 들고 카드에 써진 내용대로 해야 하는 것이었다. 나는 바닥에 있는 카드를 한 장 집어 들었다.

"노란색 윗도리 입은 사람과 함께 달리기"
나는 카드를 들고 관중석으로 달려갔다. 다른 친구들도 카드를 들고 제각기 미션의 주인공을 찾기 위해 이리저리 뛰어다녔다. 그때 바로 앞에서 커다란 키에 노란 티셔츠를 입고 있는 아저씨 한 분이 보였다. 나는 순간 큰 소리로
"아저씨, 같이 달려요!"
하고 크게 소리를 질렀다. 그 소리를 듣자마자 아저씨는 번개처럼 날아오더니 내 손을 잡고, 있는 힘껏 운동장으로 달렸다. 얼마나 빨리 달리는지 내 달리기 실력으로는 따라갈 수가 없었다. 내가 따라가지 못하자
"얘야, 우리 일등 하자!"
하며 나를 끌고 가다시피 하며 달렸다. 아저씨와 나는 순식간에 일등으로 들어왔다. 환호와 박수 소리가 울려 퍼졌다. 그러자 사람들 틈에서 나를 바라보던 어머니가
"아이고, 우리 딸이 일등이다, 일등, 잘했다!"
큰소리로 양손을 흔들며 힘껏 손뼉 치며 환하게 웃는 어머니의 모습이 눈에 들어왔다. 그때 너무 좋아하면서 환하게 웃으시던 어머니의 표정이 지금도 생생하다. 노란 티셔츠를 입은 아저씨도 오랜만에 달리기 1등을 해 봤다며 무척 좋아했다.
달리기 1등 상품으로 받아온 공책과 연필을 이리저리 보시며 좋

아하던 모습, 어떻게 그렇게 빨리 노란 옷 입은 사람을 찾았느냐며 신기한 듯 물어보시던 모습,

"우리 딸 참 똑똑하네, 참 잘했네"

하며 머리를 쓰다듬어주시던 손길이 지금도 엊그제 일처럼 떠오른다. 오래전 고향에 갔다가 학교 운동장을 둘러본 일이 있다. 그렇게 웅장하고 커다랗게 보이던 학교 운동장의 모습은 예전과는 달라 보였다. 스탠드 뒤에 잔디밭으로 수많은 사람이 오가고, 곳곳에 쳐놓은 하얀 천막, 우레처럼 들렸던 아이들의 함성, 하얀 모자를 쓰고 이리저리 바쁘게 움직이셨던 선생님, 모두 오래전 추억으로 남았다. 하얀 모자, 티셔츠, 바지를 입고 양손에 파란 수술을 흔들며 응원하던 소녀가 앉아있는 것 같다. 파란 수술은 청군, 분홍 수술은 백군이었는데….

"청군 이겨라! 백군 이겨라!"

그 많던 아이들은 지금쯤 다들 어디에서 살고 있을까? 어디선가 청군 백군이 되어 잘 살고 있겠지?

많은 것이 변해있었지만, 철봉 옆 커다란 고목 나무는 그대로 나이를 말해주며 그 자리를 지키고 있었다.

06

추석 보름달

희미해져 가는 것에 익숙해지는 것, 참사랑의 의미를 알아가는 것, 가끔은 아득하게 희미해지는 것들 속에 머물러본다. 희미해졌다고 결코 사라지는 것은 아니다. 그 속에서도 더욱더 선명하게 떠오르는 기억들이 있다. 지금은 하늘에 계신 친정어머니의 마음이다. 언제쯤 그 마음의 깊이를 다 알 수 있을까? 생의 마지막 순간까지도 보여 주셨던 6남매를 향한 깊은 사랑의 마음. 많은 시간이 흘렀지만, 절대 희미해지지 않는다. 오히려 가슴 안에서 새록새록 더 뚜렷하게 떠오른다.

출가한 딸이 넷이지만, 모두 지방에 흩어져 살다 보니, 친정으로 쉽게 올 수 있는 딸이 없었다. 가끔은 "엄마"하고 찾아와 얼굴을 보여 드리고 말동무도 해 드리는 딸 하나가 없었으니 얼마나 아쉬우셨을까? 늘 마음만 간절했지 친정에 다 함께 모여 정을 나누기란 쉬운 일이 아니었다. 어렵게 시간을 맞춰 모두 친정으로 모인다 싶다가도, 꼭 어느 한 가족이 일이 생겨 못 오는 일이 생겼다.

이런 일이 있을 때마다 친정어머니는

"자식들이 전국에 다 흩어져 살고 있어서 경기도, 경상도, 전라도, 충청도, 대한민국 팔도강산 안 가볼 데 없이 유람하고 살 텐데 뭐 그리 아쉬울 게 있느냐, 에미보다 좋은 팔자 있으면 나와 보라고 해라"

하시며 웃으셨다. 자식들 마음 불편할까 한 번도 서운한 내색을 하시지 않으셨다. 그런 아쉬움을 늘 팔도강산 유람이라는 말로 위안을 하셨다. 그러면서도 늘 형제간에 우애 있게 잘 살아야 한다고 말씀도 잊지 않고 꼭 해주셨다.

친정아버지께서 돌아가신 이후로는 허전함이 크셔서 그런지, 친정 모임 때 한 자식이라도 못 오면 아쉬워하는 모습을 역력히 보이셨다. 구부정한 허리로 손만두를 수백 개 빚어 놓으시고,

"넷째네가 만두를 좋아하는데, 왔으면 얼마나 좋았을까?"

마음이 허하신 지 자주 눈물을 보이셨다. 사정이 있어 오지 못하는 자식을 기다리며 뜰 앞을 서성이셨다.

친정어머니께서 저세상으로 가신지 꼭 13년째 되는 해이다. 고작 육십 평생을 살고 가시는 걸 아시기라도 하셨을까? 멀리 떨

어져 사는 자식들 얼굴을 한 번이라도 더 보시는걸, 그렇게 좋아하셨다. 이제 와 생각해 보면 얼굴 보여 드리는 일, 그렇게 어려운 일도 아니었다. 그 작은 바람마저도 들어 드리지 못한 것이 너무 후회스럽다.

"엄마, 저 왔어요!"

하고 찾아가 다정하게 손을 잡아 드리는 일이 그토록 중요한 걸 왜 몰랐을까? 친정어머니를 생각하면 죄스러운 마음이 앞서 늘 가슴 한쪽이 싸하게 아파져 온다.

친정어머니도, 우리 형제들도 늘 다 함께 모이고 싶어 했던 추석 명절, 어머니의 바람이셨을까? 늘 기다리던 추석날이 친정어머니 제삿날이 되었다. 돌아가신 후에야 친정어머니 제삿날은 6남매 중 누구도 빠지지 않고 모두 모인다. 형제들은 "제삿날이라도 6남매 모두 모여서 정을 나누라고 추석날 그렇게 가셨나 보다"라며 지난 시간을 이야기한다. 촉촉이 젖은 서로의 눈망울을 바라보며 그렇게 어머니를 그리워한다.

환하게 뜬 보름달을 바라보는 자식들의 가슴이 메어지는 추석날 밤. 보름달과 함께 어머니를 그리워하는 마음도 함께 높은 하늘에 둥글게 걸려있다. 하늘에서 6남매를 내려다보고 계실 부모님을 향해

"엄마, 보고 계세요? 우리 6남매 오늘 여기 다 모였어요. 잘 지

내시죠? 이제야 우리 다 모였어요."

추석날 밤이면, 아니 제삿날이 되면 한 명도 빠짐없이 찾아오는 자식들이 있으니 이젠 조금 덜 허전하실까? 생전 이렇게 모여 정을 나누고 사는 모습을 왜 보여 드리지 못했나 하는 아쉬움에 추석날 밤은 더욱더 슬프기만 하다.

자식을 다 키운 후에야 그때는 알지 못했던 어머니의 마음을 조금씩 알아간다. 내게 남은 인생을 다 산다 해도 그 깊었던 마음을 다 헤아릴 수는 없을 것이다. 길을 가다가 누군가 "엄마"하고 부르면 나도 모르게 소리가 나는 쪽으로 고개를 돌리게 된다. 지긋이 나이 드신 어르신께 "엄마"라고 부르는 중년의 딸 목소리가 어찌나 살갑고 정답게 느껴지는지 한참을 넋을 놓고 바라보곤 한다. 그 어머니와 딸의 모습이 눈물 나도록 부럽고 또 부러워서 발길이 떨어지지 않는다.

너무 일찍 떠나신 어머니를 생각하며, 터벅터벅 걷는 발걸음엔 쓸쓸함이 가득 묻어있다. 어머니에 대한 그리움은 날이 갈수록 더욱더 선명한 사랑으로 오래도록 내 가슴을 파고든다. 그것은 살아가는 동안 내게 삶의 원천이 되는 근원이자 의미이기도 하다. 훗날 내가 하늘로 갈 때까지 좋은 추억으로 간직하고 있다가 가지고 가야 할 귀한 선물이다.

07

산정호수의 추억

내가 살던 운천에서 산정호수까지는 십 리가 조금 안 되는 거리였다. 학교가 끝나면 친구들과 신작로 길을 걸어 산정호수로 향했다. 우리 동네에서 걸어서 놀러 갈만한 가장 만만한 곳이기도 했다. 온통 산으로 둘러싸여 고요함 속에 웅장함을 지니고 있는 푸른빛 산정호수는, 나무와 호숫가로 올라가는 길에 벚꽃 등 꽃나무가 많아 찾는 사람들도 많았다.

산정호수를 향해 걷다 보면 길에서 만나게 되는 것이 참 많았다. 눈 부신 햇살, 코끝을 간질이는 꽃향기, 이마에 흐르는 땀을 씻어주는 바람, 새하얀 빛의 아카시아꽃, 이 꽃을 따 먹는 재미, 파란 들판을 어지럽게 날아다니는 잠자리 떼. 자연 속에서 만나는 모든 것은 다 아름다운 것이었다.

한참을 걸어 산정호수 근처만 와도 새파란 호숫가에서 불어오는 바람이 땀을 씻어 주었다. 웅장하고 장엄한 호수는 우아함 그 자체였다. 산정호수 입구에 도착하면 매표소이면서 먹거리를 파는 작은 가게가 있었다. 산정호수에서 놀고 집에 갈 즈음이면 배도 고프고, 다리도 아팠다. 특히 매표소 앞을 지날 때면 배가 더 고팠다. 주머니에 용돈이 있으면 군것질도 하고, 버스를 타고 집으로 올 때도 있었다.

가끔 걸어오는 길이 힘들 때도 있었지만, 친구들과 걸어서 집으로 가는 길엔 즐거움이 함께했다. 당시 유행하는 노래를 부르며 집으로 돌아가는 길에 만나는 예쁜 자연의 풍경은 다리 아픈 것도, 배고픈 것도 모두 다 잊게 해주었다. 오히려 까르르 한바탕 웃을 수 있는 웃음을 선사해 주었다.

어느 날 우리 반에 말수가 적고, 피부가 유난히 하얀 짧은 단발머리 여자아이가 전학 왔다. 자주 걸어서 산정호수에 놀러 간다고 하니 자기 집이 산정호수 가는 길에 있다며, 집에 놀러 가자고 했다. 그 친구의 집은 산정호수로 가는 개울가에 있었는데, 늘 오가며 보았던 집 한 채가 바로 친구의 집이었다.

그 친구는 시골 사는 우리들보다 들꽃과 나무 이름을 훨씬 더 잘 알고 있었다. 친구들이 물어보면 척척박사처럼 대답해 줘서 친구들은 늘 "와!"하고 감탄했다. 그 친구가 이사 온 후로 산정호수까지 가는 일이 더 많아졌다.

그런데 어느 날 그 친구가 시무룩한 얼굴로,
"우리 집 이사 간대"
하는 것이었다. 전학 온 지 불과 얼마 되지도 않았고, 이제 정이 들기 시작했는데 또 이사를 간다니 너무 서운했다.
언젠가 어느 수필에서 본 내용이 한참 여운에 남은 적이 있다. 여고 동창생들과 산정호수로 여행을 떠나 하룻밤을 묵으며 밤새 수다를 떨었다. 그 일이 벌써 20여 년 전의 일이라며 추억을 회고하는 내용이었다.
'그 친구들은 다들 잘 지내고 있을까?'
라는 글귀를 보며 문득 훌쩍 이사가 버렸던 그 친구가 생각났다.
'그 친구도 지금쯤 중년의 여인이 되어 어디에선가 잘 살고 있겠지?'
얼굴이 하얗고 말이 없던, 너무 빨리 이사 가서 기억도 가물가물한 단발머리 그 소녀가 가끔 생각난다.
산정호수에 가 본 지도 꽤 오래되었다. 봄에 흐드러지게 핀 벚꽃을 보면 더욱 산정호수가 생각난다. 봄이면 산정호수 주변은 온통 벚꽃 세상이었다. 그곳도 지금은 많이 변했겠지만, 친구들과 오가면서 보았던 자연 풍경은 그대로 남아있지 않을까? 하는 생각을 한다.
얼마 전 여동생 가족이 산정호수에 들렀다며 소식을 전해 왔다.

오랜만에 산정호수를 찾으니 옛날 생각이 난다며 여러 장의 사진을 찍어 보내왔다. 보내온 사진마다 추억이 없는 곳이 없었다. 대부분 변해 있었지만, 모두 한눈에 알아볼 수 있는 장소였다. 세상은 많이 변해 있었지만, 고고한 산정호수의 물결, 만발한 벚꽃, 평화로운 분위기 등은 예전 그대로였다. 세월이 많이 흘렀어도 나무와 꽃, 바람, 하늘, 그곳의 향기와 느낌은 고스란히 남아있는 것 같았다. 오늘따라 내 고향 가까이에 있던 멋진 산정호수가 문득 그리워진다. 조만간 부모님 산소에도 들르고, 산정호수에도 들러 봐야겠다.

고향 가까이에 있던 멋진 산정호수

08

산의 노래

산이 내게로 가까이 온다. 초록빛 대지를 안고, 맑은 하늘을 산머리에 이고 조용히 내게로 다가온다. 산은 제 몸을 단장하지도, 물들이지도 않았다. 구름과 함께 언제나 그 모습 그 마음으로 한 자리에 머물러있다. 산은 청초함과 은은함으로 가득 둘러싸여 있다. 생명을 보듬어 안은 어머니의 마음으로 고요하고 따뜻하게. 바람 한 점이 스치듯 산허리를 돈다.

아름다움의 존재는 눈으로 보일 때, 가장 밝은 빛을 발한다고 했던가? 산의 아름다움이야말로, 깊은 가을 속에서 가장 빛난다고 생각했었다. 눈으로 가득 들어오는 화려함만이 그 자태와 향기를 만들 수 있다고 생각했다. 깊은 가을 산을 그리워하며, 언제나 절정이 치달은 깊은 가을의 화려함 속에 나를 담아두려 했다.

언제부터인가 가을을 준비하는 지금 이맘때의 산이 좋아졌다. 흔한 아름다움은 없지만, 기다림과 만남이 공존하는 산, 가장 순수하고 맑은 모습의 산을. 산에 "9월의 산"이라는 이름을 붙여 주었다. 고요하고 맑음이라는 이름만으로도 의미를 둘 수 있는 소박한 산이기에 어떤 수식어도 필요치 않았다. 내가 자란 고향의 9월 산의 풍경과도 많이 닮았다. 산은 자신의 아름다움을 바라보는 나의 시선을 알았는지, 해마다 이맘때면 내게 유혹의 바람을 보내온다. 그럴 때마다 나의 가슴은 연서를 받은 설레는 마음이 되어 산에 올랐다.

9월의 산이 내게 향긋한 미소를 보내온다. 멀리 산을 찾지 않아도, 그리워하지 않아도, 고개를 들면 언제라도 마주치게 되는 "9월의 산" 내 속으로 들어오는 편안함은 산이 내게 주는 특별한 선물이다. 산과의 다정한 만남은 맑음이라는 단어를 무한하게 만들어, 내 안의 그릇에 차곡차곡 채워준다. 9월의 산은 아직 가을을 준비하지 않았다. 그러나 멋스러움과 함께 가장 여유로운 미소를 머금고 있다. 머지않아 고요히 자연스럽게 찾아올 깊은 가을의 마음을 잘 알고 있을 것이다. 9월의 산은 서두름도, 조바심도 없다. 잔뜩 물든 단풍도, 코끝을 감도는 가을 향기도, 그 어느 것에도 욕심을 내지 않고, 그 자리를 지켜내고 있을 뿐이다.

나는 산을 볼 때마다 산만이 가지고 있는 매력에 빠져들곤 한다. 산바람이 들려주는 세상 이야기에 아이처럼 고개를 끄덕이는 모습, 품에 있는 나무를 한바탕 흔들어 보이는 모습 등, 그 많은 이야기를 다 알고 있다는 것일까? 가장 맑고 순수한 하늘을 바라보고 있는 9월의 산새는 고요하기만 하다. 산 주변엔 하얀 물안개가 펼쳐져 있다. 은은하게 떠다니는 물안개를 따라, 산도 함께 떠다니는 것 같다. 눈에 보이는 산의 모습은 고요하고, 경건하다. 산이 이토록 편안하고 아름다운 것은, 아마도 이런 향기와 그리움 때문이리라.

내게 9월의 산이 주는 의미는 삶의 위안이자 안식처이다. 산은 어떤 마음, 어떤 모습을 하고 찾아가든 나를 반겨 주었다. 땔감으로 산에서 나무를 해와 아궁이에 불을 때던 시절, 언니와 동네 앞산으로 가 큰 정부미 포대 자루에 갈잎을 주워오던 시절이 있었다.

불쏘시개로 사용했던 바싹 마른 솔가지 잎. 산속에 수북하게 쌓인 솔가지를 갈퀴로 긁으면, 금세 그 큰 자루가 가득 찼다. 언니는 바싹 말라서 바닥에 꺾어진 채 떨어져 있는 나뭇가지를 차곡차곡 싸서 끈으로 묶어 머리에 이고 산을 내려왔다. 솔잎이 가득 든 자루가 무거운 나는 그 큰 자루를 끌면서 그 뒤를 따라갔다.

너그러운 미소로 포옹해 주며 따뜻한 가슴을 내어주는 산. 돌아봐 주고 보듬어 안아주는 듬직한 존재. 바람과 함께 언제나 희망을 갖게 해 주는 산. 산은 그렇게 언제나 늘 그 자리에 있었다. 그 어떤 순간에도 산의 마음은 변하지 않았다. 내게 단 한 번도 서운한 내색을 하지 않았다. 온화한 미소로 기다려주고 언제나 그 자리를 지켜주었다.

오늘 바람 향기가 가득 담긴 초대장을 받았다. 산이 내게 보낸 것이다. 아름다움은 눈으로 보는 것보다, 마음으로 보고 느끼는 것임을. 9월의 산이 깊어가기 전에 내게 산으로의 초대를 한 것이리라. 덜어내고 비워내는 삶의 여정이 그려진다. 지금, 이 순간에도 사는 동안 놓아서는 안 될 소중한 마음의 끈을 내어주고 있다. 산이 내게 준 가장 특별한 선물이다. 9월의 산에서 만나는 모든 것은, 내 앞의 오늘이 얼마나 소중한 것인가를 깨닫게 해준다. 화려함 속에 나를 담아두지 않아도, 가장 화려한 빛을 낼 수 있음을 일러주기도 한다. 순수함 속에서 피어나는 삶의 여유를, 향기로운 가슴으로 새록새록 채워준다. 어느새 "9월의 산"이 내게로 가까이 와 있다. 고향의 "9월 산"의 모습을 가득 닮은 모습으로.

09

늦가을 과수원

동네를 벗어나 드넓게 펼쳐진, 논과 밭을 지나 한참을 걸으면, 커다랗고 누런 큰길이 나온다. 산속에 누런 흙을 깔아 만든 넓은 길이었는데, 당시 그 길을 큰길이라고 불렀다. 그 길은 여러 갈래로 나누어져 있었다. 오른쪽 길을 따라 걸어 한참을 올라가면, 집 몇 채가 있는 마을이 있었다. 아이들이 걸어가기엔 꽤 먼 길이었다. 당시에 더 깊은 산속에도 마을이 있었다. 그곳에 사는 아이들은 새벽밥을 먹고, 첫차를 타고, 우리가 다니는 학교에 다녔다. 버스가 자주 다니지 않아 그 동네 아이들은 한겨울에도 첫차를 타고 이른 새벽부터 학교에 와 있었다.

그 길은 군부대 지역이라 버스는 다니지 않았고, 가끔 군용 트럭이 다녔다. 친구들과 그 근처 산에서 칡뿌리를 캐러 가곤 했다. 달달한 알 칡뿌리를 캐서 여럿이 끌고 산을 내려오기도 했다. 그 길을 걷다가 군용 트럭이 지나가면 노란 흙먼지로 한동안 앞이 보이지 않을 때도 있었다. 흙먼지가 가라앉기를 한참 동안 기다렸다 가기도 했다.

그 길 근처에 커다란 사과나무 과수원이 있었다. 해마다 탐스럽게 열리는 그 과수원의 사과는 정말 맛있었다. 끝없이 펼쳐진 과수원의 사과는 한 폭의 그림처럼 주렁주렁 열려있었다. 과수원 사과나무에 탐스럽게 열린 사과가 어찌나 맛있어 보이던지, 정말 따먹고 싶을 정도였다. 하지만 그곳은 주인이 누구인지도 모르고, 우리 동네가 아니어서 엄두를 내지 못했다.

그곳은 사방이 산이었다. 길가에 모자를 엎어놓은 것 같은 방공호가 곳곳에 있었다. 그 길을 오갈 때, 반공호 안에서 엎드린 채 총을 겨누고 있는 군인의 모습을 자주 볼 수 있었다. 그 모습이 너무 무서워서 그 앞을 지나갈 땐, 친구들과 "요이 땅!" 하며 다람쥐처럼 최대한 빨리 달려서 지나쳤다.

"빨리 가자. 어쩌면 간첩인 줄 알고 총으로 쏠지도 몰라."

총을 들고 있는 군인의 모습은, 볼 때마다 너무 무섭고 두려웠다. 사실 아이들끼리만 그 깊은 산속으로 들어가 논다는 것도 위험한 일이었다. 부모님도 위험하니 산에 가서 놀지 말라는 말씀을 자주 하셨다. 방공호 앞을 지날 때마다 군인이 보이지 않을 때까지 있는 힘껏 달려서 그 앞을 지나쳐왔다.

찬바람과 싸락눈이 조금씩 날리는 초겨울쯤으로 기억된다. 그 날도 친구들과 그 길을 걷고 있었다. 길가 과수원의 사과나무에 따고 남은 사과들이 꽤 남아 있었다. 이미 사과를 다 따고 남은 것이라 들어가서 따도 될 것 같았다. 친구들과 과수원으로 들어가서 손이 닿는 곳의 사과를 땄다. 찬바람을 맞아서인지 사과는 무척 차가웠지만, 정말 달고 맛있었다. 친구들과 사과를 배부르게 실컷 먹었다.

실컷 먹고도 꽤 많은 사과가 남아, 바닥에 있던 자루에 담았다. 사과를 하나씩 손에 들고 베어 먹으며 집으로 향했다. 하지만 집으로 돌아가려면 방공호 앞을 지나가야 했다. 방공호가 가까워질수록 손으로 베어먹던 사과의 단맛도 조금씩 무서움으로 변했다. 사과 자루를 들고 또 다람쥐처럼 있는 힘껏 방공호 앞을 지나쳐 달려가는데

"애들아, 그 사과 맛있니? 아저씨 좀 줄래?"

분명 우리가 무서워하는 그 방공호에서 들려오는 군인 아저씨의 목소리였다. 두려웠지만 순간적으로 우리는 달리던 발길을 서서히 멈추며 방공호를 바라보았다.

방공호 가까이 오면 도망가기 바빴는데, 무서운 군인 아저씨가 사과를 달라는 말에 더 놀랐다. 커다란 우비 같은 긴 옷을 걸친

군인 아저씨는 조심스럽게 방공호를 나와 천천히 길가로 걸어 내려왔다. 사과를 받기 위해 내려오는 군인 아저씨를 보니 순간, 무서움보다는 불쌍하다는 생각이 들었다.

싸락눈은 여전히 찬바람에 휘날리며 내리고 있었다. 군인 아저씨 머리 위에도 싸락눈이 내려앉았다. 친구들과 나는 행길에 멈춰 섰다. 두려운 생각이 들었지만, 군인 아저씨가 산을 다 내려오기 전에 우리는 가까이 가서 사과를 몇 개 건네주었다.

"고맙다. 꼬마들아!"

하면서 건빵 몇 봉지를 주었다. 그러고는 손을 흔들며 방공호로 돌아갔다. 그 건빵 속에는 조그만 별사탕이 들어 있었다. 집에 돌아가던 걸음을 멈추고 친구들과 서로 별사탕을 찾았다. 하얀색, 연분홍색, 작은 별 사탕은 입에 들어가 혀 안에서 사르르 녹았다. 그 어떤 맛보다 달달하고 맛있었다. 그 후, 그 길은 두려움에 달음질쳐 뛰어다니는 길이 아닌, 가끔 군인 아저씨에게 건빵을 얻어먹을 수 있는 길이 되었다. 그 길을 지날 때면 군인 아저씨들이 웃으며 손을 흔들어 주었고, 우리도 따라서 손을 흔들어 주었다.

그 일이 있은 다음 해던가, 한동안 홍수로 온 동네가 물난리를 겪었다. 물이 꽉 찬 개울을 건널 수 없어서 한동안 그곳에 갈 수가 없었다. 긴 홍수가 끝난 햇볕이 쨍쨍 내리쬐는 어느 날, 오랜

만에 그 길을 걷게 되었다. 방공호가 있는 산도 홍수로 인해 쓸려 내려와 곳곳이 파여 있었다. 그때 군인 아저씨들이 있던 그 방공호에서 조금 떨어진 곳에, 홍수로 인해 패여서 진갈색 흙이 그대로 드러난 곳이 있었다. 자세히 보니 오래된 나무 상자 같은 것이 일부 보였다. 자주 오가던 길이라 산소가 있는 곳은 아니었다. 그러나 홍수에 산소가 쓸려 내려오면서 관도 쓸려 내려와 흙 속에 묻혀 있는 것만 같았다.

그 모습을 보고 다시 친구들과 달음질쳐 다람쥐처럼 그 길을 달려 내려왔다. 흙 속에 묻혀서 관처럼 보이는 나무가, 총을 들고 있는 군인 아저씨만큼이나 무서웠다. 그 이후 그 길은 다시 무서운 길이 되었다. 한동안은 그곳을 찾지 않았다. 그러나 가끔 그 방공호 속에 몸을 감추고 총을 겨누고 있던 군인 아저씨의 안부가 궁금해질 때도 있었다. 집 마당에서도 개울 건너 앞산을 바라보곤 했다. 싸락눈이 내리는 추운 날 사과를 달라고 했던 그 아저씨들은 지금쯤 어떻게 변해 있을까?

10

아버지의 마음

추석이 며칠 남지 않은 어느 날, 우연히 길을 가다가 눈에 익숙하지만, 오래전에 보았던 그리운 모습이 눈 안에 들어왔다. 연세가 지긋하신 할아버지 한 분이 천천히 자전거를 타고 가시는 모습이었다. 자전거 뒤에 실려 있는 물건이 한눈에 들어왔다. 자전거 뒤에는 떨어질까 봐, 끈으로 돌돌 묶인 계란 한 판, 부침가루, 작은 식용유 한 병이 실려 있었다. 아마도 추석을 앞두고 전을 부치기 위해 장을 봐 가는 것 같았다.

'옛날에 우리 아버지도 저러셨는데….'

자전거를 탄 할아버지의 모습이 안 보일 때까지 걸음을 멈추고 서서 한참을 바라보았다. 오래전 아버지의 모습이었다. 우리 집이 시장과는 좀 떨어진 동네에 살고 있기도 했지만, 어머니께서 필요한 걸 얘기하시면 어느새 부엌에 놓여 있었다. 시장에서 손

쉽게 살 수 있는 물건은 주로 아버지께서 사 오셨다. 자전거를 타고 눈 깜짝할 사이에 시장에 다녀오셨다. 요즘 말로 표현하면 집안일을 잘 도와주는 멋진 남편에 속한 것이다. 성인이 되어서도 집에 필요한 것이 있으면 대부분 아버지께서 자전거를 타고 사 오셨다. 그러지 마시라고 해도 집에서 쉬라고 하시면서 자전거를 타고 시장에 다녀오셨다.

아버지는 동네 곳곳에 친구분이 많았다. 우리 집은 넉넉한 집이 아니었지만, 늘 아버지 친구분들이 자주 찾아오시고, 동네 사람들도 많이 찾아왔다. 아버지는 어릴 때, 부모님이 아닌 친척 할머니 손에 자라 유난히 몸이 약하셨다. 어린 나이에 고생도 많이 하셨고, 다친 일도 여러 번 있다는 얘기도 들었다. 왜소한 체구의 아버지는 늘 여러 가지 약을 드시곤 하셨다. 몸이 약한 아버지께서 주로 집에 계시는 시간이 많으니, 친구분이 집에 자주 오셨던 것 같다. 내가 본 아버지의 모습은 야무지고, 손재주 좋고, 인정 많으시고, 자식들을 무척 사랑으로 키워 주시는 그런 아버지셨다.

또 유머가 많으셔서 주위 사람들을 재미있게 해 주고, 박장대소하며 웃게 하는 재주도 있으셨다. 아버지와 함께 있으면 늘 웃을 일이 많았고, 아버지의 농담에 어머니도 잘 웃으셨다. 어머니께서 이런 말씀을 자주 하셨다.

"느이 아버지가 공부만 했으면 한자리하셨을 거여. 참 똑똑하신 양반이다."

몸이 좋지 않을 때는 대문 앞 골목에 나와 앉아 계실 때가 많았다. 가끔은, 우리가 학교 갔다 돌아올 때나, 친구들과 밖에서 놀고 집에 들어올 때, 아버지는 늘 집 앞대문 맞은편에 앉아 계셨다. 동네 사람들이 몸이 약한 아버지가 오래 사시지 못할 거라고 하는 얘기를 들은 적도 있었다. 집에 계시는 시간이 많을 때는 부엌살림은 물론, 신발, 책가방까지 깨끗하게 빨아 주셨다. 친구들을 데리고 집으로 가면, 밥해 놓았으니 챙겨 먹으라고도 하시고, 옥수수와 감자를 쪄 주시기도 했다. 친한 내 친구의 이름을 비슷한 이름으로 우스꽝스럽게 부르셔서 친구들이 까르르 웃기도 했다. 지금도 친구들은 아버지를 참 재미있는 분으로 기억한다.

아버지는 커다란 눈에 얼굴도 미남이셨다. 젊은 날엔 술을 드셨지만, 이후로는 술을 드시지 않으셨다. 사위들이 와서 온 식구가 술이라도 한잔하면, 술이 떨어지기 직전 어느새 술을 사다 놓으셨다. 뭐 부족한 게 없는지 예사로 보지 않고, 왔다 갔다 하시면서 다 채워 주셨다. 다른 가족이 미처 생각하지 못했던 부분도 찾아서 세심하게 챙겨주셨다.

우리가 부모님 집에 가는 날에는, 아버지는 늘 골목길에 나와 계셨다. 그럴 때마다 어머니께서는 말씀하셨었다.

"니들 오기 훨씬 전부터 골목에 나가 기다리셨다."

자식들이 온다고 하면, 몸이 불편하실 때도 늘 나와서 기다려 주셨다. 방에 누워 계셔도 되는데, 굳이 골목까지 나와서 기다려 주시고 반겨 주셨다. 집으로 돌아갈 땐 늘

"엄마, 아부지와 여기 걱정일랑 하지 말아라. 느그들만 잘 살면 된다." 하시며, 차가 보이지 않을 때까지 골목에 서서 손을 흔들어 주셨다. 그만 들어가시라고 손짓을 해도 계속 그 자리에 서서 손을 흔드셨다. 아버지께서 떠나신 후, 더 이상 골목길에 서

손을 흔들어 주시는 아버지가 서 계실 것 같은 골목길

계시지 않는 아버지를 그리워했다. 형제들도 하나 같이 입을 모아 얘기했다.

"골목에 아버지가 서 계실 것 같아."

골목을 벗어나 올 때 고개 돌리면, 손을 흔들어 주시는 아버지가 서 계실 것 같아, 그 아쉬운 마음이 너무 오래갔다. 추석 전 거리를 사서 자전거에 싣고 가시던 어느 노인의 모습이 오래도록 머릿속에 남아있다.

11

내 별명은 울보

아주 어렸을 때 내 별명은 울보였다. 사소하고 작은 일에도 먼저 울고 보자는 심사로 툭하면 울었다는 얘기를 부모님께 많이 들었다. 어머니는,

"에고, 목소리나 작아야지. 한 번 울었다 하면 온 동네가 다 떠나가도록 목청껏 울었단다."

"내가 언제? 난 하나도 기억 안 나는데."

나는 아니라고 하면 동네 울보로 유명했다며 나를 놀리시기도 했다. 나중에 학창 시절에 우렁찬 목소리로 웅변대회에 나가 일등까지 했으니, 어렸을 적 목소리가 컸다는 어머니의 말씀도 맞는 것 같다. 그래서 그런지 동생이 줄줄이 있었지만, 동생들에게 밀리지 않고 부모님께 예쁨을 많이 받은 것 같다.

어렸을 때 밤에 잠을 자고 있으면, 가끔 아버지께서 사탕이나

과자를 사 오셨다. 자다가도 과자 소리가 나면 벌떡 일어나야 할 텐데 나는 그러지를 않았다. 과자 봉지의 부스럭거리는 소리가 들려, 입에 침이 가득 고여도 일어나지 않고 자는 척했다.

"아빠 과자 사 왔는데 일어나서 먹자."

하는 소리가 들려도 아랑곳하지 않고 그대로 가만히 누워 있었다.

"과자 좀 먹고 자지."

하시며 어깨를 쓸어내리는 부모님의 손길이 좋았다. 귓가에 들리는 바스락바스락 과자봉지 소리, 내일 아침 과자 먹을 생각, 가끔 두 분이 주고받는 내 이야기, 어린 마음에도 그런 것이 참 좋았던 것 같다.

당시 초등학교에 입학하는 나이는 여덟 살이었다. 아버지는 나를 일곱 살에 동네 초등학교에 입학시켰다. 가슴에 손수건을 달고 아버지 손 잡고 학교에 갔던 일이 어렴풋이 기억난다. 하지만 한 이틀 학교에 잘 가더니 이후 계속 울었다고 한다. 너무 울어서 아버지께서 내년에 다시 데리고 오겠다며, 그냥 집으로 데리고 오셨다고 했다. 그때 왜 그렇게 울었는지는 기억이 잘 나지 않지만, 어쨌든 나는 다음 해 다시 1학년에 입학했다. 매일 아버지 등에 매미처럼 꼭 붙어 아버지 자전거를 타고 학교로 등교했다. 집에서는 울보로 통했지만, 막상 학교에서는 얌전하고 말 없는 순둥이 소녀였다.
초등학교 1학년 때 일이다. 그때 살던 집 가까이에 뒷산이 있었다. 어느 날 학교에 간다며 아침밥을 먹고 책가방을 메고 나왔는데, 학교로 가지 않았다. 주변의 눈치를 보며 학교가 아닌 집 뒷산으로 올라가고 있었다. 뒷산 언덕과 길가에 가득 피어있는 예쁜 꽃을 구경하며 산으로 올라갔다. 그러고는 '아무도 나를 보지 못하겠지?' 하며 커다란 나무 뒤에 앉았다.
잠깐 앉아 있는데 바로 앞에 아버지가 서 계셨다. 나는 너무 깜짝 놀라서 소리를 질렀다.
"너 학교에 안 가고 여기서 뭐 하는 거냐?"
화가 잔뜩 난 아버지는 큰소리로 내게 호통을 치셨다. 그러시고는 내 손을 잡고 산길을 내려가기 시작했다. 싫다고 말할 새도 없이 한쪽 손을 아버지 손에 꼭 잡힌 채 질질 끌리듯이 산에서 내려왔다. 산을 다 내려와서야 나는 발버둥을 쳤다. 그때 하얀 스웨터를 입고 있었는데 한쪽 팔이 빠져나왔다.
"내 옷, 내 옷!"
하고 소리를 질렀지만, 아버지는 쳐다보지도 않으시고 빠른 걸음으로 학교 쪽으로
걸어가셨다. 지나가는 사람들 보기 창피하고 손이 아파서 손을 놓아달라고 해도 아무 말씀도 하지 않으셨다. 땡땡이친 딸을 학

교에 얼른 데리고 가야 한다는 생각만 하시는 것 같았다. 학교 정문까지 와서야 아버지는 꼭 잡은 손을 놓아주셨다.

"교실로 바로 들어가거라. 다시 나오면 그땐 정말 혼날 줄 알아!"

나는 아무 말도 못 하고 교실로 들어갔다. 실로 짠 듯한 하얀 긴 소매의 스웨터였는데 한쪽 팔이 길게 늘어져 있었다. 아버지 손에 이끌려 얼마나 세게 끌려왔는지 팔과 어깨가 무척 아팠다. 그 이후로 학교를 결석한 일은 없었던 것 같다. 학교에 절대로 빠지면 안 된다는 철칙이 머릿속에 깊이 새겨진 사건이기도 하다.

그 일이 있던 후부터 큰 소리로 목 놓아 우는 일도 줄어들었고, 자연스럽게 울보라는 별명도 지워진 것 같다. 오히려 커서는 남들 앞에서 눈물을 보이는 일이 거의 없이 살아온 것 같다. 하지만 어린 시절을 생각하며 글을 쓸때면 감정이 복받쳐 하염없이 눈물이 흘러내린다. 가끔은 주체할 수 없을 만큼 쉴 새 없이 눈물이 나와 나 자신도 깜짝 놀랄 때가 많다. 여려서 버릇은 정말 남을 주지는 못하는 것일까? 역시 나는 어릴 때도 지금도 울보라는 별명의 주인인가 보다. 훗날 부모님께 곁으로 돌아가는 순간까지도 그냥 이 별명을 달고 가야겠다는 생각이 든다. 어린 시절 부모님이 지어주신 별명인 울보라는 별명을 생각만 해도 입가에 웃음이 지어진다.

〈제4장〉

겨울 속의 아스라한 기억

01

겨울 이야기

겨울이면 눈이 참 많이 내렸다. 집 마당에서도 온산을 뒤덮은, 앞산의 멋스러운 풍경이 한눈에 들어왔다. 추운 겨울 아침, 방에서 잠을 자고 있으면 밖에서 아버지의 목소리가 들려왔다.

"얘들아, 얼른 나와 봐라, 날이 추워서 밖에 꿩이 다 얼어 죽었다."

꿩이 얼어 죽었다는 말에 우리 형제들은 내복 바람에 맨발로 방문을 열고 뛰어나갔다.

그런 우리의 모습을 보신 아버지는 허허 웃으시며,

"산토끼 잡으러 갈까, 산 꿩을 잡으러 갈까?"

집 처마 밑에는 아버지께서 잡은 산토끼와 꿩이 놓여 있었다. 손수 만든 고무줄 총으로 잡아온 참새도 한쪽에 여러 마리가 있었다. 동네에서 사냥을 잘하기로 소문난 아버지는, 간단한 도구를 이용해 산토끼, 꿩, 참새 등을 잡으셨다. 동네 친구들은 그런 아버지를 둔 나를 무척이나 부러워했다.

산에서 사냥을 많이 해 온 날은 우리 집에서 동네잔치가 열렸다. 마당 한가운데 화덕에 불을 키워, 잡아온 산토끼로 푸짐하게 토끼탕을 끓여, 동네 사람들을 불러 식사를 대접했다. 머리에 수건을 두른 어머니는 점심 준비를 위해 바쁘게 움직이셨고, 아버지는 손수 토끼를 잡아 화덕에 장작불을 지피셨다. 화덕에서 활활 타오르는 장작불 연기가 뭉게뭉게 피어오르면 구수한 냄새가 온 동네에 가득 찼다.

잔치라고 해 봐야 앞마당에 둘러앉아 토끼탕 한 그릇씩 나눠 먹는 일이었다. 아버지께서 손수 양념을 한 토끼탕은, 그야말로 인기가 대단했다. 애어른 할 것 없이 모두, 국물 하나 남기지 않고 다 먹었다. 구수하고 뽀얀 국물에 밥을 말면, 정말 둘이 먹다가 하나 죽어도 모를 만큼 그 맛이 기가 막혔다.

어른들은 맛있는 토끼탕과 함께 막걸리를 곁들이셨다. 막걸리 한잔에 흥이 오르면 자연스럽게 노랫가락이 흘러나왔다. 어려서부터 노래를 잘 불러서 '이미자' 라는 별명을 갖고 계신 어머니의 노래는 늘 빠지지 않았다. 어른들은 손뼉을 치며 함께 노래 불렀고, 우리 집 마당은 순식간에 동네 어른들의 노래와 춤

판이 벌어졌다.

어둑어둑 저녁이 찾아오면 아버지는 참새를 손질해서 아궁이 잔불을 꺼내 놓으셨다. 석쇠 위에 참새를 올려놓고 앞뒤로 뒤집어가며 정성스럽게 참새구이를 해주셨다. 형제들을 조르라니 앉혀놓고 잘 익은 참새구이를 고사리 같은 우리들 손에 한 마리씩 쥐여 주셨다. 따뜻한 부뚜막 앞에서 전해오는 아버지의 따스한 손길은 그 시절 잊지 못할 잔잔한 행복한 일상이기도 했다.

그 시절에는 여름이면 해마다 홍수가 나서, 동네 사람들이 윗동네로 피난을 가거나, 큰 피해를 보았다. 한 해가 멀다 하고 여름이면 홍수가 나, 마당에 아이들 키를 넘을 만큼의 물이 차올랐다. 부엌 찬장의 살림살이며, 신발이 물에 둥둥 떠내려가는 것은 익숙한 모습이었다. 전쟁 같았던 물난리가 끝나면, 황폐한 모습으로 동네 곳곳이 드러났다. 아버지가 손수 만든, 제법 무게가 있는 마당의 화덕은, 마당 한구석에 구겨진 채 널브러져 있었다. 동네 사람들의 맛있는 식사를 준비했던 일그러진 화덕의 모습은 어린 내 눈에도 오래오래 아쉬움으로 남았다.

하지만, 뭐든 뚝딱 만들어내시는 솜씨 좋은 아버지의 손에 의해, 마당에는 더 단단한 화덕이 곧 자리 잡았다. 한여름이 되면 새로 만든 화덕에 걸린 솥단지에서 아버지가 손수 만든 수제비가 끓고 있었다. 동네 사람들이 다시 찾아온 우리 집 마당에서는 다시 인정이 넘치는 웃음의 꽃이 피어났다.
하지만 시간이 지나면서 아쉬움 속에서도 모든 것은, 하나둘 다시 제자리로 돌아왔다.
이젠 영영 돌이킬 수도, 돌아올 수도 없는 시간, 오늘따라 마당 한가운데 덩그러니 놓여있던 짙은 밤색의 화덕이 생각난다. 홍수 후, 녹이 잔뜩 나 있던 우리 가족의 추억이 가득 담긴 철통을 잘라서 만든 아버지의 화덕. 그래도 그 시절에는 언제 그랬냐는 듯, 모든 것이 다시 하나둘 제자리를 잡아갔었다. 또, 언제나 다시 그 자리로 돌아갈 수 있는 것으로 생각했었다. 하지만, 언제부터인가 다시 그 자리로 돌아갈 수 없는 것이 생겨났다. 이제는 무심한 세월 속에서 추억이 되어버린 오래전의 이야기가 되어버렸다.

02

엄마와 창부타령

고단한 삶이었지만 어머니는 항상 입에서 노래가 떠날 날이 없을 만큼 노래를 좋아하셨다. 어릴 때부터 노래를 잘 부르셔서 동네에서 가수라고 소문이 자자했었다는 말씀을 자주 하셨다. 어릴 때부터 가수가 되고 싶었다는 어머니. 비록 가수가 되지는 못하셨지만, 이미자, 조미미의 노래를 구성지게 잘 부르셔서 동네에서 '이미자' 라고 불리셨다. 그런 어머니 덕분에 나 역시 자연스럽게 흘러간 노래를 배우게 되었고, 제법 노래 좀 한다는 말을 듣기도 했다.

열 살 즈음에는 당시 인기가수였던 혜은이 노래를 따라 부르며 그럴싸하게 모창을 하기도 했다. 특히 감정을 싣고 부르는 '진짜 진짜 좋아해' 노래를 제스처와 창법까지 큰소리로 잘 흉내 내며 따라 불렀다.

"진짜 진짜 좋아해. 너를 너를 좋아해."
어느 날 술을 한 잔 드신 아버지께서 노래를 좋아하는 어머니를 위해 녹음기를 사 가지고 오셨다. 넉넉한 살림은 아니었지만, 언젠가 아버지께서 처음 내 책상을 사 주실 때도 술을 한 잔 드시고 사 오셨다. 어머니는 술을 마시면 큰일을 저지르신다며 살림살이를 사 오시는 걸 큰일이라고 잔소리를 하시기도 했다. 하지만 그런 아버지 덕분에 살림살이가 하나하나 늘어났던 것 같다.
세월이 흐른 후, 나중에 아버지께서 비싼 오디오 세트 큰 걸 사 주셨다. 그때 동네에 그런 오디오가 있는 집은 없었다. 그때도 어머니는 잔소리하셨지만, 내심 무척 좋아하셨다. 이후 우리 집은 늘 음악 소리가 끊이지 않았고, 가끔 부모님 친구분이 오면 음악을 틀어놓고 춤을 추고 놀기도 하셨다.
원하는 노래 테이프를 넣고 재생 버튼을 누르면 언제든지 노래를 들을 수 있었다. 당시 우리 동네에 카세트가 있는 집은 별로 없었다. 그 작은 기계에서 노래가 나오는 게 너무 신기했다. 잔소리하시던 어머니도 신기해하며 좋아하셨다.
어느 날 어머니께서 창부타령 테이프를 사 오셨다. 매일 듣던 유행가와는 달리 창부타령은 창법도 가사도 신기했다. 어머니는 작은 수첩을 주시면서 창부타령 가사를 적어 달라고 하셨다.

"큰 글씨로 적어 봐라. 딸이 있으니 좋네. 노래도 적어 주고."
테이프를 앞으로 돌리기를 계속 반복하면서 그 긴 창부타령과 민요 가사를 종이에 적었다. 방바닥에 엎드려 카세트를 껐다 켰다 하는 걸 신기하게 보곤 하셨다. 노래 가사를 적어 드리면 어머니는 소녀처럼 무척 좋아하셨다. 적고 보니 꽤 많은 양이었지만, 어머니는 그 많은 가사를 신기할 정도로 빠르게 다 외우셨다. 나중에는 어머니도 테이프 작동법을 배워 혼자 적기도 하셨다.
어머니는 종이에 적힌 가사를 보며 노래를 부르셨다. 부엌에서, 마당에서, 장독대에서 틈날 때마다 부르시는 어머니의 창부타령은 집안 곳곳에서 들려왔다. 유행가를 좋아하시는 어머니께서 콧노래를 섞은 듯이 부르시는 창부타령은 색다른 맛이 있었다. 어머니의 노랫소리에는 애환과 한 같은 것이 들어있었다. 가끔 노래를 부르시면서 눈물을 흘리는 어머니의 모습을 볼 때마다 싸한 아픔이 느껴졌다.
우리 집에서는 늘 노랫소리가 끊이지 않았다. 마당에 앉아 빨래할 때도, 커다란 함지에 이불을 넣고 발로 밟으실 때도, 빨래를 널고 갤 때도 어머니의 흥얼거리는 노랫소리는 계속 이어졌다. 가끔은 노래를 크게 틀어놓고 따라 하시곤 하셨다. 흘러간 옛노래는 물론 어머니께서 부르는 창부타령을 매일 들으니, 나도 가사가 저절로 외워져서 부를 수 있게 되었다.
그 모습이 대견했는지 어머니는
"엄마, 따라 해 봐라!"

아니 아니 아니 노지는 못하리라
한 송이 떨어진 꽃이 낙화가 진다고 서러워 마라.
한번 피었다 지는 줄은 나도 번연히 알건마는
모진 손으로 꺾어다가 시들기 전에 내버리니
버림도 쓰라리거든 무심코 짓밟고 가니?
뉜들 아니 슬플 소냐.
숙명적인 운명이라면 너무도 아파서 못 살겠네
얼씨구나 지화자 좋네 아니나 노지는 못하리라.

부르시면서 한 소절 한 소절 알려 주시기도 했다. 그때 어머니는 고단한 삶의 시름을 노래와 음악으로 달랬을 것이다. 나이가 드셔서 들릴 듯 말 듯 혼자 흥얼거리는 노랫소리에도, 젊은 날 어머니의 맑고 청아한 소리가 들어 있었다. 말씀하실 때와 노래 부르실 때 목소리가 신기할 만큼 달랐다.
"사랑 사랑 사랑이라니, 사랑이란 게 무엇인가, 알다가도 모를 사랑, 믿다가도 속는 사랑, 오목조목 알뜰 사랑, 왈각 달칵 싸움 사랑, 무월 삼경 깊은 사랑, 오래전 일이건만 내 머릿속에도 이 가사가 고스란히 기억되어 있다. 참 신기한 일이다.
"작은 음반이라도 만들어 드렸으면 좋았을걸"하는 아쉬움이 남았다. 좋은 재주를 가지고 태어나셨지만, 환갑의 연세에 일찍 세상을 떠나셨다. 자식들을 낳아 건강하게 잘 키워 주셨지만, 너무 일찍 급하게 가셨다.

마당에 앉아 봄나물을 다듬으시면서
구슬픈 콧노래로 들려오는 하얀 찔레꽃
잠시 고개를 갸우뚱하시며 부르는
찔레꽃 하얀 꽃은 맛도 좋지

어느 시속에 나오는 어머니의 모습이다. 어쩜 내 어머니의 모습을 이리도 잘 표현했을까? 이 시를 읽으면서 어머니를 만나곤 했다.
'여전히 노래를 부르시면서 아버지와 함께 좋은 시간을 보내고 계시겠지?'

03

천재 가수 '오은주'를 꿈꾸며

여러 가구가 세 들어 사는 집에 살았던 시절이 있었다. 당시 가수 혜은이의 노래가 선풍적인 인기를 끌고 있을 때였다. 누가 이다음에 커서 뭐가 될 거냐고 물으면 주저 없이 가수가 되고 싶다고 말하곤 했다.

그때 옆방에 연세 많은 할머니가 사셨다. 초등학교에 들어가 혜은이의 노래를 배운 후로는 매일 집안이 떠나가라 혜은이의 노래를 불렀다. 노래를 너무 큰 소리로 불렀다가 옆방 할머니께 혼이 난 적도 있다. 얼굴이 완전 검은색에 쪽 진 머리를 하고 계신 할머니였는데, 얼굴이 무서워서 볼 때마다 슬금슬금 피해 다녔다.

"아이고, 시끄러워서 못살겠네"

"엄마, 오늘 큰 소리로 노래 불렀다가 할머니한테 혼났어."

어머니께서는 노래를 좋아하는 딸이 노래 좀 불렀다고 어린것을 혼내기까지 하신다면서 서운해하시기도 했다.
무서운 옆집 할머니의 호통이 무서워, 할머니가 지팡이 짚고 외출하실 때만, 아주 큰 소리로 노래를 불렀다. 어머니는 내가 노래 부르면 흐뭇한 표정으로 활짝 웃으셨다. 처음 우리 집이 생긴 날, 마음껏 큰소리로 노래 불렀다. 어머니는 이제 눈치보지 말고 마음껏 부르라고 하시며 우리 딸 잘한다며 박수를 쳐주셨다.
초등학교에 입학하기 전 아버지께서 녹음기와 소녀 천재 가수 오은주 테이프를 사 오셨다. 내 또래 소녀 가수의 노래는 내게 감동을 주기에 충분했다. 어쩜 그렇게 맑은 목소리로 노래를 잘하는지 너무 부럽고 신기했다.
매일 테이프가 늘어지도록 오은주의 노래를 들었다. 테이프의 전곡을 완벽하게 부를 수 있을 만큼 노래를 들었다. 커서 오은주 같은 가수가 될 거라는 생각을 하면서 열심히 노래를 불렀다.
아버지는 오은주의 노래를 제법 그럴싸하게 부르는 나를 무척 자랑스러워하셨다.
"우리 딸 노래 한 번 불러 보거라."
어느 날 아버지 친구분께서 집에 놀러 오셨다. 아버지께서 내 자랑을 많이 하셨는지 대뜸
"네가 노래를 그렇게 잘한다고 아버지가 자랑이 대단하더라. 한

번 불러 보거라"
하셨다. 나는 망설이지 않고 안방에 서서 오은주의 노래를 한 곡 불렀다.
"엄마, 엄마 돌아와요. 어서 빨리 와요. 엄마 없는 우리 집은 찬 바람만 불어요."
듣기만 해도 눈물샘이 돋는 가사에 감정을 가득 싣고 불렀다. 특히, 이 노래는 중간에 슬프게 읽는 독백 부분이 있는데, 그 부분을 똑같이 따라 했다. 아버지 친구분은 손뼉 치며, 내게 용돈을 주셨다. 언니는 옆에서 용돈 받는 나를 부러워했다. 나는 용돈을 더 받아서 언니를 줄 마음으로 내친김에 더 노래를 불렀다.
"삼돌이 우리 오빠 서울로 가네. 아, 안녕히 잘 가세요. 몸조심 하세요."
하며 열창을 했다. 하지만 더 이상 용돈은 나오지 않았다. 대신 큰 박수를 받았다. 어린 마음에도 언니가 마음에 걸려 '돈 조금만 더 주면 좋은데' 하며 아쉬운 생각을 했다.
친구 집에 놀러 갔는데 통기타가 보였다. 친구 언니의 립스틱을 바르고 통기타를 들고 제스처를 취하고, 마치 가수가 된 양 친구들과 함께 신나게 노래 불렀다. 그때 한 친구가
"너 정말 가수 같다. 나중에 가수 될 것 같아"
그때 정말 가수가 되어야겠다고 생각했다. 중 · 고등학교 때도

학교 행사나 친구들과 모이면 늘 앞에 나가서 노래를 불렀다.
학교 수업 시간에
"노래 한 곡 부르고 수업 시작해요"
하면 늘 내가 앞에 나가서 노래를 불렀다.
나중에 오은주 가수가 어린 시절, 소녀 가장으로 노래를 불렀다는 사실을 알게 되었다. 당시 소녀 가장이라는 그 말이 듣기 싫어서 노래를 중단했었다는 사연을 들었다. 성인이 되어서 결혼 이후에도 평탄하지 않은 인생을 살아온 가수의 사연에 마음이 아팠다. 가끔은 추억을 생각하며 오래전 내가 즐겨 불렀던 오은주 가수의 노래를 들어본다.
얼마 전 우연히 인터넷에서 내가 갖고 있던 테이프와 똑같은 걸 본 적이 있다. 오은주 흉내를 내고 모창 하듯 불렀던 그 당시 추억을 만나니 눈물이 나도록 반가웠다. 그 시절 그 노래는 사는 동안 내게 늘 좋은 추억이 되어 주었다. 그 시절을 생각하면 노래뿐만 아니라 부모님과 가족들이 떠올라 잔잔한 행복감에 잠긴다. 살짝 '오은주' 의 대표곡 '엄마 엄마 돌아와요' 라는 곡을 틀어 놓았다. 그 테이프를 잃어버린 지 오래인데 그 시절을 추억하며 노래를 듣고 있으니 감회가 새롭다.

04

아버지와 사과

내리는 흰 눈 사이로 부는 바람이 손등 위에 차갑게 내려앉는다. 여닫이 방문의 동그란 고리가 움직일 때마다, 문틈으로 삐져나온 여백의 하얀 창호지가 흔들린다. 문밖에서 나지막한 아버지의 목소리가 들려온다.

"아직 안 자나? 날 추운데 그만 자거라"

열리는 방문 사이로 왕겨가 묻은 빨간 사과가 담긴 바구니가 들어온다. 거칠고 억센 아버지의 손엔 튀어나올 듯 선명하게 새겨진 혈관이 가득했다. 한 입 베어 먹을 때마다 사과의 단물은 눈처럼 입속으로 가득 스며들었다. 아버지의 손에 생긴 여러 개의 상처는 사과의 달콤함에 가려 하나도 보이지 않았다.

"우리 딸 고사리 같은 손이 참 예쁘네, 여자는 손이 곱고 깨끗해야지."

이른 새벽부터 군불로 데워진 가마솥의 물이 팔팔 끓었다. 쪼그리고 앉아 있는 딸의 손을 씻어 주기 위한, 아버지의 손길이 조심스레 세숫대야에 담긴다. 빨간 내복을 입던 그땐 손등에 까만 때가 많았다. 아버지는 딸을 위해 손등과 손목을 깨끗하게 닦아 주셨다. "아야, 손이 아파."하고 소리를 지르면

"이 봐라. 아가씨가 때가 이리 많이 나오면 안 된다."하시며 웃으셨다.

그런 아버지 덕분에 누구보다도 곱고 예쁜 손을 가질 수 있었다. 고생하지 않고 자란 손이라며 부러움의 눈길을 받기도 했다. 그럴 때마다 거친 손으로 내 고운 손을, 따뜻하게 잡아 주시고 지켜 주셨던 아버지 생각이 더욱더 간절하게 났다.

예쁜 고사리손의 소녀였던 나도 어느새 인생의 절반을 훌쩍 넘게 살았다. 그 곱고 예쁘던 손도, 어느새 세월 속에서 자취를 감추고 이젠 연륜만이 내 손에 남아있다. 어려웠던 시절 육 남매를 거뜬하게 키워낸 부모님의 손이 편한 날 없이 움직였듯이, 나 역시도 바쁜 세월을 살아왔다. 두 아이를 키우며 정신없이 살아온 내 손에도 어느새 어머니의 마음이 고스란히 남아있다.

뒷마당에 앵두나무 한 그루가 있었다. 마당 평상에 앉아 놀고 있으면 아버지께서는 새빨갛게 익은 앵두를 작은 바구니에 가득 따서 주셨다. 아버지 손에 든 빨간 앵두가 가득 담긴 파란 바

구니가 지금도 눈에 선하다. 올망졸망 자식들 먹이려고 당신은 드시지도 않고 한 알 한 알 따셨을 것이다.
추운 겨울밤 자식을 위해 방문을 열고 살그머니 사과를 넣어 주시던 아버지의 마음, 더운 날 작은 앵두를 한 알, 한 알 따서 바구니에 담아 오셔서 "먹고 놀거라" 하시면서 평상에 올려 주시던 마음. 아버지의 따뜻한 손길과 마음이 눈처럼 내 가슴에 내려앉는다. 당신의 손은 온갖 궂은일로 굳은살이 박이고 거칠어져도, 딸의 고운 손을 생각하시던, 아버지의 마음을 생각하니 눈물이 난다.
언젠가 딸과 함께 찍었던 사진 속에, 딸의 손과 내 손이 대조적인 것을 보게 되었다. 하얗고 곱던 내 손에도 이젠 세월 속의 연륜이 가득 들어있었다. 순간 '나도 이제 나이가 들었구나' 하는 생각이 들었다.
"우리 딸, 손도 이쁘네"

딸아이 손을 보며 자연스럽게 이 말이 나왔다.
곱고 하얀 딸아이 손을 볼 때마다 겨울밤 방문을 열고 사과를 넣어 주시고, 손수 딴 앵두 바구니를 평상에 올려 주시던 아버지가 생각난다. 그러면서 내 딸도 저렇게 예쁜 손을 오래도록 잘 간직하고, 큰 고생 없이 살았으면 좋겠다는 생각을 한다. 오래도록 내 딸이 예쁘고 하얀 손을 잘 지키고 살 수 있었으면 하는 바람을 가져본다. 아버지가 내게 그렇게 하셨듯이….

'그때 아버지의 마음도 지금의 내 마음과 같았겠지?'

그 무엇으로도 대신할 수 없는, 자식을 향한 부모의 사랑, 그런 귀한 사랑을 받고 자란 것에 깊은 감사와 행복을 느낀다.

'아버지! 사랑으로 키워 주신 은혜, 깊이 감사드립니다.'

'아들딸아! 곱고 예쁜 손으로 열심히, 아름답게 잘 살거라.'

05

방위성금과 생라면

초등학교에 다니던 시절에는 학교에 의무적으로 내야 하는 방위성금이 있었다. 국가를 외부의 적으로부터 지키기 위한 일에 쓰도록 국민이 자진하여 내는 돈이었다. 말이 없고 내성적이었던 나는 부모님께서 주신 방위성금을 다른 곳에 쓴다는 생각을 단 한 번도 해본 적이 없었다.

그러던 어느 날, 친구가 방위성금을 내려고 하는데 내게 와서는 "우리 이 돈 내지 말고 생라면 사 먹을까?" 하는 것이었다.

그때는 생라면을 사 먹는 게 유행이었다. 고소하고 바삭바삭한 생라면은 물론이고, 스프를 손바닥에 조금씩 부어서 먹으면 그렇게 맛있을 수가 없었다. 라면을 먹고 나면, 스프를 반 친구들 전체, 손바닥에 조금씩 나누어 주었다. 손바닥의 스프를 혀로 핥아먹으면 그렇게 맛있을 수가 없었다. 생라면을 들고 스프를 손바닥에 부어 먹는 모습은 그때 흔하게 볼 수 있는 풍경이었다.
친구의 말에 걱정과 두려움에 조금 망설였다. 하지만, 발길은 어느새 학교 앞 문구점을 향해 걷고 있었다. 맛있는 생라면을 먹는다는 생각만 하고, 방위성금 낼 돈으로 덜컥 생라면을 사버렸다. 교실에서 생라면을 먹는데, 정말 꿀맛이었다. 스프도 뜯어서 친구들에게 조금씩 나눠 주었다. 나도, 나도 하며 손바닥을 벌리는 친구들에게 스프를 조금씩 따라 주며 맛있게 먹었다. 반쯤 먹은 라면은 책상 속에 넣어 두었다.
수업 시간에 담임선생님께서 방위성금 안 낸 사람 명단을 불렀다. 그제야 '아차' 하는 생각이 들었다. 가슴이 콩닥콩닥 뛰기 시작했다. 담임선생님께서 "왜 방위성금을 안 가져왔느냐?"라고 물으셨다. 나는 아무런 말도 못 하고 고개를 숙이고 있었다. 담임선생님께서는 이미 알고 계신 것 같았다. 거짓말을 하면 더 혼날 것 같다는 생각이 들었다.
"친구하고 생라면 사 먹었어요."
기어들어가는 목소리로 선생님께 사실대로 말씀드렸다. 담임선생님께서는 큰소리로 호통을 치셨다.
"부모님을 속이고, 선생님을 속이면 인생이 어떻게 되는지 알아? 똥 기계 밖에 안 된다. 밥 먹고 똥만 싸는 똥 기계!"

생라면을 가지고 앞으로 나오라고 했다. 그러고는 똥 기계들은 라면 봉지를 입에 물고 뒤로 나가서 손들고 서 있으라고 하셨다. 얼굴이 화끈거리고 너무 창피했지만, 이미 벌어진 일이었다. 고개를 숙이고 라면 봉지를 입에 문 채 교실 뒤에서 손을 들고 서 있는 벌을 받았다.

당시 담임선생님은 작은 키에 뚱뚱하고 머리가 벗겨진 연세가 많은 분이셨다. 학생들이 잘못된 행동을 하면 사람을 똥 기계에 비유를 하셨다. 그럴 때마다 학생들은

"아휴!"

하며 담임선생님의 그런 표현을 듣기 싫어했다. 그 당시는 그 표현에 대해 이해를 못 하기도 했지만, 그런 표현을 쓰는 걸 아이들은 다 싫어했다.

"돈을 잃어버렸다고 하면 되지, 생라면 사 먹은 일을 사실대로 얘기했냐?"라며 친구들은 나를 원망했다. 우리가 같이 잘못한 일인데도, 사실대로 말한 나를 원망하며 눈을 흘겼다. 그 친구는 아마도 그런 일이 처음이 아닌 것 같았다. 거짓말을 하지 않고 바로 잘못을 인정하니, 그나마 조금 누그러드시는 것 같았다. 남학생들은 책상 뒤로 고개를 돌리고 생라면 봉지를 입에 물고 있는 나를 보며 킥킥 웃었다. 정말 너무 창피하고 부끄러웠다. 이후로는 절대 방위성금이나 학교에 낼 돈에 손을 대지

않았다.

지금 생각하면 담임선생님의 똥 기계라는 표현은 그럴싸한 것 같다. 부모님 말씀 듣지 않고, 공부 열심히 안 하고, 아무 생각 없이 밥만 먹고 살면 안 된다는 것을 똥 기계에 표현해서 알려 주신 것이다.

"먹고 배설만 하면 똥 기계지 결코 사람이 아니다."

하루에도 몇 번씩 이 말씀을 하셨다. 노력하며 살지 않는 인생을 비하한 표현인데, 인생 살아 보니 무릎을 칠 만큼 딱 맞는 표현이었다. 키 작고 뚱뚱하고 커다란 눈이 앞으로 툭 튀어나와 있어서 두꺼비처럼 생긴 선생님이셨다. 초등학교 선생님 중 가장 기억에 남는 선생님이다. 지금 살아 계신다면 여든이 훌쩍 넘으셨을 것 같다.

06

자전거 선물

어린 시절 아버지께서 자전거를 타는 모습을 볼 때면 나는 언제나 '와!' 하고 감탄했다. 짐 자전거라고 불렸던 큰 자전거를 얼마나 잘 타시는지 동에 번쩍 서에 번쩍하실 정도로 빠르게 타고 다니셨다. 우리 집에서 시장에 가려면 한참을 걸어가야 했다. 집에 필요한 물건이 있으면 바로 자전거를 타시고 홍길동처럼 다녀오시곤 하셨다.

아버지 자전거 뒷자리는 항상 내 차지였었다. 아버지와 함께 자전거를 타고 아버지 허리를 꼭 잡으면 어디든 순식간에 다녀올 수 있었다. 덜컹덜컹 가끔 엉덩이가 아프기도 했지만, 아버지의 자전거를 타고 바람을 가르며 씽씽 달리는 일은 최고로 신나는 일이었다. 자전거를 타고 달리면서 아버지 등에 뺨을 대고 있으면, 따뜻한 체온이 얼굴로 가득 전해졌다.

어느 날 아버지께서 분홍빛이 들어간 중고 자전거를 사 오셨다.
"아빠가 자전거 사 왔다. 어디 한 번 타 보자."
조금 낡긴 했지만, 분홍빛이 들어간 자전거가 정말 마음에 들었다. 자전거가 생기면 나도 아버지처럼 멋지게 자전거를 타겠다는 생각을 늘 마음속에서 하고 있었다. 아버지 자전거의 뒤에 타고 달릴 땐, 자전거 타는 일이 제일 쉬운 일 중, 한 가지일 것이라고 생각했다. 하지만 막상 자전거를 배우려고 하니 덜컥 겁이 났다.
"넘어지면서 배우는 거야. 겁먹지 말고 앞만 보고 달려 봐라."
아버지께서는 뒤에서 자전거를 꼭 잡아주시면서 차근차근히 가르쳐주셨다. 왼쪽으로 기울어지면 가운데로 힘껏 세워 주셨고, 오른쪽으로 기울어지면 힘껏 중심을 잡아 주셨다. 하지만 몇 번을 넘어지면서 팔과 무릎을 다쳐 빨갛게 상처가 나고 피가 났다. 자전거 타는 일이 마음처럼 되지 않고 넘어져서 상처가 날 때마다, 쉽게만 보이던 자전거가 무섭게 느껴졌다.
그렇게 넘어지고 다치기를 반복하던 그 날도 아버지께서 뒤에서 자전거를 꼭 잡아주시는지 알고 달렸다.
"우리 딸 혼자 잘 달리네."
저만치서 멀게 느껴지는 아버지 목소리가 들려왔다. 드디어 뒤에서 잡아주지 않아도 나 혼자 자전거를 타게 된 것이다. 나는 너무 신나서 "야호" 하고 소리를 지르며 동네 골목길을 신나게 달렸다.
자전거 타기에 자신감이 붙은 나는 자전거에 친한 친구를 태우고 동네를 한 바퀴 돌았다. 우리 동네가 아닌, 집에서 조금 떨어진 동네까지 자전거를 타고 씽씽 달렸다. 한참을 달리는데 경사가 조금 심한 작은 골목길이 나왔다. 순간
"어, 어!"
하며 급하게 브레이크를 잡았지만 이미 늦은 후였다. 자전거는 순식간에 남의 집 담장을 들이받으며 곤두박질치며 넘어졌다. 깨지고 금이 간 채 위태롭게 있던 담장이라 자전거와 부딪히는 충격으로 담장 일부분이 쓰러졌다. 온몸이 아프고 팔은 다 까졌지만, 아픈 것도 몰랐다. 아픈 게 문제가 아니라, 부모님께 어떻게 말해야 하나 하는 생각만이 머릿속에 가득했다.
그때 집주인 아주머니가 나오시며
"애들이 담장을 다 부쉈네, 집이 어디냐? 남의 집 멀쩡한 담장을 다 부숴 놨으니 부모님께 담장을 변상하라고 얘기하거라."
죄송하다고 말씀드리며 자전거를 갖고 오려고 했지만, 담장을 변상하기 전에는 절대 돌려줄 수 없다고 했다. 자전거를 집안으로 갖고 들어가는 걸 보면서도 아무 말도 못 하고 집으로 돌아왔다.

친구를 태우고 자전거를 타고 씽씽 달렸던 동네 골목길

부모님께 말씀드리기가 겁이 나 저녁밥도 먹지 못하고 걱정이 되어서 밤에 잠도 오지 않았다. 넘어지면서 가슴을 세게 부딪혔는지 가슴과 온몸이 너무 아팠다. 아프다는 말도 못 하고 혼자 가슴앓이를 했다. 어머니께서 자전거 어디 있느냐고 물으시면, 친구가 타고 싶다고 해서 며칠 빌려주었다고 거짓말을 했다.
며칠째, 부모님 눈치만 살피고 시무룩하게 있는데, 어느 날 마당에 내 자전거가 보였다. 깜짝 놀라 눈을 비비고 다시 보았지만, 정말 자전거 사고를 내고 빼앗긴 내 자전거가 맞았다.
마당에서 빨래를 널며 어머니께서는

"세상에 나쁜 사람이네. 어린애들이 그런 걸 자전거를 빼앗아? 말도 못 하고 며칠 동안 얼마나 마음고생을 했냐? 그런 일 있으면 엄마한테 말을 해야지. 넘어져서 다 쓰러져가는 담장을…."

우리 어머니가 정말 이 세상에서 최고구나 하는 생각을 했다. 마음도 넓고 이해심도 많으신 어머니가 너무 자랑스러웠다. 앞부분이 찌그러져 있는 내 자전거에 미안한 생각이 들었다. 너무 반갑고 고마워서 눈물이 났다. 자전거도 내 마음을 알고 있다는 듯 환하게 웃고 있었다.

07

덴뿌라와 계란

어린 시절 나는 입이 짧고 편식이 심해 가리는 음식이 너무 많은 아이였다. 또래보다 키는 큰 편이었지만, 몸은 늘 비쩍 말라 있었다. 초등학교 저학년까지 김치를 물에 씻어 먹었다. 파, 마늘은 아예 먹지 않았고, 매운 반찬은 입에도 대지 못했다. 계란을 좋아해서 아버지께서는 계란 반찬을 자주 해 주셨다. 밥상 앞에서 늘 끼적거려 매번 많이 먹으라고 신신당부하시는 부모님의 애를 많이 태웠다.

어느 날 '덴뿌라' 라고 하는 쫄깃하고도 고소한 반찬이 처음으로 밥상에 올라왔다. 덴뿌라는 밥 한 공기를 뚝딱 먹을 정도로 내 입맛에 딱 맞았다. 아버지께서는 그런 내 모습이 신기했는지

"와, 우리 딸 잘 먹네"

하시면서 좋아하셨다. 그러나 먹을 것이 귀하던 시절이라 덴뿌

라 반찬은 어쩌다 먹을 수 있는 특별한 반찬이었다. 덴뿌라 반찬이 상에 올라오면 아버지는 언니들보다 나를 조금이라도 더 먹이려고 하셨다. 뭐든 잘 먹는 언니들에 비해 늘 비쩍 마른 딸을 보는 아버지의 마음이셨을 것이다. 바로 위의 언니에게 이런 말씀을 자주 하셨다.

"동생 많이 먹여야 해. 동생 꺼 뺏어 먹으면 혼난다."

언니와 가끔 앞산에 놀러 가곤 했다. 집에서 가깝기도 했지만, 앞산 신작로에 계절별로 형형색색의 예쁜 꽃들이 피었다. 언니와 손잡고 신작로에 피어있는 꽃을 구경하며 앞산에 올라가 노는 재미도 좋았다. 아주 가끔 아버지께서는 노란 벤또에 찐 계란과 덴뿌라를 싸 주셨다.

"덴뿌라는 동생 거니까 뺏어 먹지 말거라. 집에서도 앞산 다 보인다."

앞산에 올라 벤또에 든 계란과 덴뿌라를 먹는 재미와 맛은 정말 최고였다. 바로 위의 언니는 나보다 세 살 많았지만, 엄마처럼 의젓했다. 언니는 아버지의 당부대로 정말로 덴뿌라는 먹지 않고 찐 계란만 먹었다.

어린 마음에, 먹고 싶기도 하고 섭섭할 수도 있었을 텐데, 언니는 그런 내색을 하지 않았다. 나중에 이 일을 기억하느냐고 언니에게 물었다.

"그럼, 그때 너무 말라서 친구들이 갈비씨라고 놀리고 그랬잖아. 어린 내가 보기에도 안쓰러웠어."
중학생이 된 이후로는 무엇이든 잘 먹게 되어 살이 통통하게 올랐다. 하지만 정작 아버지는 평생, 크고 작은 잔병치레 하시느라 많은 고생을 했다. 아버지가 끓여주신 된장찌개와 김치찌개도 참 맛있었다. 한겨울에 된장국과 된장찌개는 매일 먹어도 물리지 않을 만큼 맛이 좋았다. 어린 딸에게 뭐라도 하나 더 먹이려고 늘 노심초사하셨다.
부모님의 사랑 속에서 철부지 딸로 살다, 성인이 되어 결혼해서 자식 키운다고 아버지를 챙길 틈이 없었다. 두 아이를 키우면서 내 가족들도 챙기기 버거웠던 어려운 시기에 아버지는 떠나셨다.
자식들에게 모든 사랑을 다 베푸셨지만, 정작 당신은 너무 일찍 하늘에 별이 되었다. 아버지를 생각하면 너무 가슴 아프고 죄스럽다. 생전 아버지는 친구분에게, 우리 동네가 훤히 내려다보이는 산 중턱에 마지막 머물 곳을 알려 주셨다. 아버지는 사방이 탁 트여서 온 동네가 다 내려다보이는 동네 산에 잠들어 계신다. 사람들은 아버지가 계신 자리를 보고 명당자리라고 했다.
가끔 산소에 가면 산 아래를 내려다본다. 우리 가족이 함께했던 모든 일이 그대로 남아있는 동네가 한눈에 보인다. 유년의 모든 기억이 살아나와 움직이는 것 같다. 아버지도 오래오래 가족들을 지켜보고 싶으셨나 보다.

'가족을 두고 떠나는 마음이 오죽하셨을까?'

그런 마음으로 지금 잠들어 계신 장소를, 생전에 지정해 놓으셨다고 생각하니 또 마음이 울컥해진다.

'아버지는 미리 그것을 알고 예감하신 걸까?'

08

볏짚 미끄럼

언젠가 동네 친구들과 추수가 끝난 논에서 놀 때였다. 잘 묶어 놓은 볏단이 집처럼 차곡차곡 논 한가운데 잘 쌓여 있었다. 한 친구가 그 위에 올라가서 미끄럼을 타고 놀자고 했다. 나는 겁이 나고 걱정이 되어서 망설였지만, 친구들은 볏단을 밟고 올라가 미끄럼틀을 타듯, 주르륵 타고 내려왔다. 바싹 마른 볏단은 미끄러워서 미끄럼틀처럼 재미있게 타고 내려올 수 있었다. 몇 번을 오르락내리락하자 잘 쌓여 있던 볏단이 한 단, 두 단 떨어지고, 볏짚으로 잘 묶어 놓았던, 볏짚 끈이 풀리자 금세 엉망이 되어버렸다.

때마침 자전거를 타고 그 근처를 지나가던 논 주인이 우리들을 보고 소리쳤다. 논을 엉망으로 만들어놓고 노는 우리를 향해

"야, 이놈들, 너희들 거기서 뭐 하는 거야!"
"논 주인인가 봐, 빨리 도망가자."
논 주인이 자전거 페달을 힘껏 밟으며, 논 쪽으로 달려오는 것이 아닌가?
순간, 우리는 너무 놀라서 논을 벗어나 도로를 향해 뛰었다. 논 주인은 소리 지르면서 더욱 자전거를 세게 몰며 따라왔다. 한 친구는 양쪽 도롯가에 코스모스꽃이 가득 피어있는 그 속에 숨었다. 슬리퍼가 벗겨졌는데도 주울 생각도 안 하고 꽃 속으로 숨어 버렸다. 어떤 친구는 나무 뒤 또는 좁은 골목길로 뛰어가 숨었다.
당시 달리기를 못하지는 않았지만, 자전거를 몰고 소리 지르며 따라오고 있는 주인아저씨를 보다가, 나는 그냥 그 자리에 멈춰 섰다. 내가 서자 아저씨도 자전거를 세우셨다.
"잘못했어요. 다시는 안 그럴게요"
죽도록 뛰고 도망갈 바에야 아예 용서를 비는 게 나을 것이라는 생각을 했다. 또 남의 논의 볏단을 엉망으로 만들어 놓았으니 잘못했다고 하는 게 맞는다는 생각이 들었다. 내가 잘못했다고 하자 아저씨는 거친 숨을 가다듬으시며,
"다음부터는 절대 그러지 말거라. 다른 놈들은 다 어디로 도망갔어?"

"이 녀석들, 너 때문에 이쯤 하고 끝낸 줄 알거라"
하시고는 거친 숨을 들이마시며 자전거를 타고 오던 길을 되돌아가셨다.
아저씨가 가고 나자 길가 코스모스꽃 사이에, 나무숲에, 집 뒤에 숨어있던 친구들이 하나, 둘 나오기 시작했다. 한쪽 신발만 신고 "아저씨 갔어?" 하며 불안한 눈으로 나오는 친구들을 보니 웃음이 나왔다.
"그 상황에 어떻게 멈춰 서서 잘못했다고 할 생각을 다 했냐?"
내가 아니었으면 집까지 찾아왔을 아저씨라며 친구들은 안도의 한숨을 내쉬었다. 놀 거리가 많지 않고 오로지 자연 속에서 시간을 보냈던 어린 시절, 그 시절이 엊그제 같은데 어느새 사십이년이라는 세월이 훌쩍 지났다.
언젠가 고향에 들러 곳곳을 돌아본 적이 있다. 많은 곳이 변해 있었는데, 친구들과 볏짚을 엉망으로 만들어 놓았던 그 논은 여전히 그 모습으로 남아 있었다. 볏짚을 엉망으로 해 놓고 미끄럼을 타던 모습. 논 주인에게 붙잡힐까 봐 개울 둑을 지나 행길가로 정신없이 달리던 모습, 오래전 기억 속의 모습이 모두 살아 움직이는 것 같았다. 당시 행길은 비포장도로여서 달리면 흙먼지가 뿌옇게 일어났다.
철없던 그 시절 생각이 났다. 이곳은 그대로인데 세월 속에서

친구들과 볏짚을 엉망으로 만들어 놓았던 그 논은 여전히 그 모습으로 남아 있었다

나는 너무도 훌쩍 큰 어른이 되어 있었다. 도롯가에 줄 서듯, 가지런히 가득 피어있는 코스모스 무리도 여전했다. 비포장도로였던 도로도 이젠 깔끔하게 포장되어 뿌연 흙먼지를 찾을 수 없다. 코스모스가 가득 피어있던 그 자리엔 지금은 다른 꽃이 가득 피어 있다. 잠깐 고개를 돌리면 맨발에 슬리퍼로 줄행랑을 치던 그때 그 친구들이

"논 주인아저씨 갔어?"

하며 겁먹은 얼굴로 하나, 둘 코스모스꽃 무리 속에서 나올 것만 같았다.

한여름 무더위 땡볕 아래서 땟구정물이 줄줄 흐를 정도로 땀 흘리며 도망가던 추억, 개구진 장난은 많이 했지만, 그래도 참 선한 정서를 갖고 살았던 시절이었다. 지나간 많은 시간 속에서 세상도 변하고 나도 변했다. 하지만 내 고향엔 아직 어린 시절 그대로인 풍경이 곳곳에 그대로 남아 있어서 정답다. 얼마 전 그때 함께 달음질쳐 도망갔던 친구를 만났다.

"그때 안 잡히려고 죽기 살기로 뛰다가 코스모스꽃 무리 속으로 겨우 숨었었지. 난 그때 네가 논 주인아저씨한테 잡혀서 엄청나게 혼나고 있는 줄 알았지."

친구들과 만나 그 시절 얘기하면 마치 그 시절로 되돌아가 있는 것 같다. 나만큼이나 그 친구들도 그때 그 시절을 그리워하고 있었다.

09

산까치 둥지

어린 시절 동네 풍경을 생각하면, 전봇줄에 까맣게 줄지어 앉아있던 까치나 참새떼가 생각난다. 까치가 울어 대면"무슨 좋은 일이 있으려나?" 하시며 어머니의 얼굴에 화색이 돌았다. 마당 펌프에서 물을 떠서 골목 앞에 휘익 뿌리기도 하셨다. 어쩌다 까마귀가 까악 깍 울어대면, 한 차례 침 뱉는 시늉을 하시며, 퉤이, 하던 모습도 생각난다.

"너도 퉤이, 해라. 그래야 재수 없는 일들이 사라진다."

그 시절만 해도 무심코 나무숲을 지날 때면, 수십 마리의 새가 무리 지어 날아가는 모습, 전선이 보이지 않을 정도로, 한 줄로 나란히 줄 맞춰 앉아있는 새 떼의 모습은, 흔하게 볼 수 있는 풍경이었다. 뉘엿뉘엿 해가 서산에 넘어갈 즈음 전깃줄에 조르라니 앉아있는 새들의 모습은 한 폭의 그림 같기도 했다.

미술 시간에 풍경화를 그릴 때면, 전깃줄에 줄지어 앉아있는 참새나 까치 떼를 그리기도 했다. 학교 울타리 곳곳에 활짝 피어 있는 진달래와 개나리의 풍경도 근사했다. 동그란 눈을 깜빡이며 부리로 땅을 쪼며 움직이는 새들의 풍경을 생각하며 그림을 그리는 일 또한 근사한 일이었다.
어머니께서는 가끔 나의 어린 시절 이야기를 들려주셨다. 노래도 잘 부르고, 동시도 아주 잘 외웠다며 칭찬해 주셨다. 특히, 아주 어릴 때 구전으로 들었던 동시를 몇 번 들려주었는데, 그걸 금방 다 외웠다고 하셨다. 지금도 또렷하게 떠오르는 동시 한편이 있다. 그땐 동시의 제목도 정확하게 몰라서 어머니께서
"아침 찬바람에 한 번 해 봐라!"
그러면 머릿속에 있던 그 시를 읊었다. 훗날 찾아보니 내가 외웠다던 그 시는 박화목 아동문학가의 "산까치 둥지"라는 시였다.

산까치 둥지

박화목

한겨울 찬바람

쌩쌩 불어오는 둔덕

땅 버드나무 꼭대기

가지에 빈 까치둥지

산까치는 어디 가고

빈 둥지만 남아 있을까?

실 끊긴 꼬리연이

넌지시 넘겨보네

저녁 하늘이 찌푸둥

싸락눈 내리려는가 보아

동시를 외우는 내 모습이 기특해서 자주 외워보라고 하셨던 기억이 난다.
"아고, 우리 딸 다 외웠네!"
하시며 좋아하던 모습을 생각하면, 어느새 내 입가에도 웃음이 고인다. 내가 고작 대여섯 살 때의 기억이니 그때 어머니 나이 고작 20대 후반이셨을 것이다. 그런 생각을 하면 지금도 가슴이 울컥해진다.
어머니께서 옷장 서랍 안에 깊숙이 보관하시던 자수가 곱게 놓인 천이 있었다. 꽃이 활짝 피어있는 나뭇가지에 초록빛의 새들이 앉아있는 그림에 예쁘게 수 놓여있었다. 가끔 빨랫줄에 널려있었는데, 어느 날 보면 옷장 깊숙한 곳에 있었다. 가끔 꺼내서 빨아 말리며 소중하게 여기셨던 것 같다. 시집오기 전에 집에서 놓았던 자수라고만 들었던 기억이 난다. 초록빛의 새가 인상적이었다.

훗날, 어머니의 언니인 이모님께서 집에 오신 적이 있다. 이모님은 어린 시절부터 결혼 전까지 수와 바느질로 시간을 보내며 유복하게 사셨다고 했다. 어릴 때 어머니의 자수 솜씨가 무척 좋았었다며, 어린 나이에 아버지와 함께 고향을 떠나온 어머니 이야기를 하며 가슴 아파하셨다.

외할아버지께서 학교를 보내 주지 않아 어깨너머로 겨우 한글을 조금 배우셨다는 어머니. 하지만 암기력과 기억력은 매우 뛰어나서 가족들을 깜짝 놀라게 할 때가 많았다. 받침이 있는 글자는 조금 어려워하셨지만, 나중에 공책을 사서 한글 연습을 열심히 하셨다. 늦은 밤에 아이처럼 공책을 펴고 엎드려서 글씨 연습하던 어머니의 모습, 나는 그 옆에서 공책에 네모 줄을 그어주며

"엄마, 엄마 글씨는 너무 삐뚤빼뚤해."

했었다. 그때는 동네에도 문맹이 많았었다. 무척 고단한 삶이셨

을 텐데 어머니는 정말 한평생을 노력하며 누구보다도 참 열심히 사셨다.

10

김장

제법 쌀쌀한 찬 기운이 금방이라도 겨울을 앞세우고 들이닥칠 것 같은 기세다. 무 배추로 가득 찬 푸르른 밭의 모습은 마치 록빛 바다를 옮겨 놓은 것 같다. 하늘을 향해 온몸을 벌린 채, 허리를 동여달라고 아우성치는 배추는 온몸을 흔들며, 들판의 평화로움을 뽐낸다. 질 새라 늘씬한 몸매에 무청도 어깨를 들썩이며 일제히 몸을 흔들어대며 나풀거린다. 가으내 농부의 정성과 사랑을 가득 먹고 자란 무와 배추는 속을 꽉 채워 실하게 자랐다. 이제 김장철이 왔으니 무와 배추도 맛나게 절여져 곱게 단장한 김치가 되고 싶은 것일까? 온몸을 바람에 의지하고 흔들어대는 저 움직임은, 붉은빛 꽃단장을 하고 꽃가마 같은 김치통에 담겨, 냉장고 속에서 다소곳한 겨울을 보내고 싶은 소리 없는 아우성 같다.

"굴하고 생새우는 노량진 수산시장이 가까운 큰형님이 사신다네. 보쌈용 고기랑 삼겹살은 내가 사서 갈게."
"술은 막내가 사 사지고 온다고 하네요."
"그럼 동서네는 아버님 좋아하시는 커피나 두둑하게 사 오면 되겠다."
흔히 일 년 농사라 불리는 김장은 우리 가족에게는 명절 못지않은 집안의 큰 대소사 중 하나이다. 제각기 흩어져 사는 형제들이 모두 시댁에 모여 일 년 먹을 김장을 함께 하니 그야말로 대가족의 대이동인 셈이다. 평소 자주 볼 수 없는 형제들이 함께 모여, 마당에 둘러앉아 삼겹살을 구워가며, 편안하게 술 한잔하면서, 각자 살아가는 이야기를 나누며 특별한 정을 나눌 수 있는 날이기도 하다.
마당 평상 위에 건져 놓은 절인 배추는 줄을 맞추어 산처럼 빼곡하게 높이 쌓여 있다. 어쩜, 저렇게 샛노란 빛으로 먹음직스럽게 잘 절여졌을까? 배추의 노란빛이 어찌나 고운지 마치 재잘거리며 서 있는 노란 병아리의 무리 같다. 대문 옆 오래된 감나무 가지에 앉아 감을 쪼아 먹던 까치가, 절여 놓은 배추를 보고 깜짝 놀랐는지 후드득 날아가 버린다. 까치가 반쯤 먹던 감이 마당 위로 툭 떨어진다.
"저놈의 까치도 요 노란 김장 배추 보니께 배가 부른갑다. 인자

슬슬 시작해야 안 되겄나?”

해마다 김장철이 되면 아들딸, 며느리 사위가 모두 내려오니, 시골집은 북적북적 사람들로 넘쳐난다. 거기다 손자, 손녀까지 아옹다옹 아우성이 더해지니, 집안은 그야말로 북새통이다. 김장하는 날 어머님의 직책은 총책임자이시다. 시댁에 십 팔 년을 오가며 김장을 해 온 시누들은 부책임자 역할을 톡톡히 해낸다. 두 분만 계신 썰렁한 집안을 자식들이 모여 온통 사람 사는 냄새로 가득 채웠다. 어머님께서는 시끌벅적하고 정신이 없어도 마냥 좋으신가 보다. 다른 때 같았으면 먹던 감을 떨어뜨리고 날아간 까치도 시어머님께 혼쭐났을 텐데, 연신 싱글벙글 웃고 계시니 말이다.

이제, 온 가족이 팔을 걷어붙이고 본격적인 김장하기에 동참할 때다. 평소 큰사람, 작은 사람의 역할을 꼼꼼하게 따지시는 시어머님께서도 김장하는 날만큼은 남녀노소를 가리시지 않는다. 어른이라면 일단은 모두 새빨간 고무장갑을 껴야 한다. 아들들은 고무장갑을 끼자 권투선수라도 된 것처럼, 옆에 있는 아내들 어깨를 툭툭 치며 장난을 걸어온다. 아주버님, 남편, 시동생이 새빨간 고무장갑을 끼고 서 있는 모습을 보고 있자니 웃음이 절로 나온다. 어머님도 아들들의 모습이 보기에 민망하신지, 차마 크게 웃지는 못하시고 고개를 숙이고 소리 없이 웃으신다. 그 모습을 보고 둘째 며느리인 내가 눈치도 없이 한마디 거들었다.
"어머님 아들들 엄청 웃기지요?"
"야야, 웃기기는, 다 같이 묵자고 하는 긴데. 둘째 너는 마당에서 배추 꽁지 자르고, 막내는 무 잘라 논거 갖고 들어오레이, 큰 아는 안에 들어가 속 버무리고"
어린 시절 군부대가 많은 시골 동네에서 자란 나에게 김치의 추억은 아주 선명하게 남아 있다. 한파 속에서 눈보라가 매섭게 몰아치는 날, 온몸에 눈이 새하얗게 쌓여 얼굴만 겨우 보이는 군인이 바께스(김치통)를 들고 우리 집 대문을 두드렸다. 김치를 얻으러 온 것이다.
지금이야 그런 일이 없지만, 어린 시절 내가 자란 시골 마을에서는 흔하게 볼 수 있는 풍경이었다. 어머니께서는 춥다며 안으로 들어오라고 했지만, 군인은 집안으로는 들어오지 않고 발을 동동 구르며 밖에 서 있었다. 어머니께서는 땅에 묻어 놓은 항아리에서 하얀 살얼음이 언 새빨간 김치를 꺼내 양동이(김치통) 통으로 하나 가득 채워 주셨다.
보기만 해도 입안에 군침이 저절로 하나 가득 생기는 김치였다. 거수경례를 하며 서둘러 대문을 나서 부대로 돌아가던, 어느 눈 내리던 날의 군인 아저씨 모습이 지금도 잊히지 않는다.
안방 크기만 한 커다란 비닐을 방바닥에 깔고, 새빨간 김장 양념을 비닐 위에 쏟아부었다. 이제 비닐 앞에 동그랗게 모여 앉아 샛노란 배추에 붉은색 양념 옷을 입히는 배춧속 넣기가 바쁘게 시작된다. 빨간 고무장갑을 낀 손이 바쁘게 움직이면, 샛노랗던 배추가 새빨간 옷을 갈아입은 새색시가 되어, 다소곳이 김치통 속으로 옮겨진다.

쉴 새 없이 꽁지를 딴 배추가 들어오고, 하나 가득 채워지는 김치통이 마당으로 옮겨진다. 양념이 떨어질세라 커다란 바가지에 담긴 빨간 양념이 비닐 위에 쏟아진다. 어린아이들도 방 한쪽에서 여기저기 빨간 양념을 묻히고, 고사리 같은 손으로 연신 배추를 주물럭, 주물럭거린다. 고기 맛나게 삶기로 소문난 형님이 삶는 돼지고기 냄새가 온 집안에 진동한다. 입안에 군침이 가득 고인다.

"아가야, 아직 멀었나? 고기 냄새가 좋구나, 한잔 묵고 하자."

자식들 갈 때 주시려고, 마당에서 자루에 무를 담고 계시던 아버님께서 제일 먼저 한잔하자고 말씀하시자, 삼 형제의 눈빛이 반짝반짝 빛난다.

배추 한 줄 담고 그 위에 적당한 크기로 잘라 놓은 무 한 줄을 담는다. 손이 여럿이다 보니, 그 많은 배춧속 넣는 일도 서너 시간 정도 지나면 후딱 끝난다. 뜨거운 볕에 김매고, 약 치고, 비료 주며, 몇 달 동안 궂은 땀방울 흘려 가며 농사지은 배추건만,

새빨간 양념을 바른 김장김치가 되는 일은 순식간이다.
제각기 가져온 김치통에 꽉꽉 채워진 김치를 보니, 시부모님께서 애써 농사지은 배추를 쉽게 도둑질해, 얼른 김치통에 담는 것 같아 손이 부끄럽다. 요즘은 돈만 주면 원하는 날짜에 입맛에 맞는 김장을 해서 집까지 택배로 보내주는 세상이다. 하지만, 그 어떤 김장김치가, 부모님의 정성과 사랑이 가득 담긴 배추로, 온 가족이 한자리에 모여 정을 나누며 담근, 김장김치의 맛을 따라올 수 있을까? 가을볕에 진통하며 여물었을 배추 한 잎, 한 잎 들춰가며, 정성을 듬뿍 담은 손으로 새빨갛게 버무린 김장김치의 참맛은, 형제들의 우애를 돈독하게 해 주는 맛이기도 하다.
"내 살아있는 동안은 김장은 여기서 해 묵자, 김치처럼 잘 어우러지게 섞여가 형제간에 우애 있게 살아야 한대이. 저 김치 속에 느그들 정과 우애가 다 들어있다 아이가. 시에미 참말로 욕심쟁이제?"
해마다 시댁에서 김장을 끝내고 돌아올 때면 목소리에 서운함을 가득 담고 하시는 어머님의 말씀이다. 언제나 당신 살아 계신 동안은 시골에 모여 김장하기를 고집하시며 당신 자신을 욕심쟁이라고 말씀하시는 어머니. 온 가족이 모여 담그는 김장이 자식들의 우애를 이어주는 끈이 되어주고, 가족 간에 돈독한 정을 나눌 수 있는 일이기에, 사는 일이 바쁘다고 행여 잊고 살까 두려운 마음에 당신 스스로 욕심쟁이가 되신 어머님.
갖가지 양념과 함께 부모, 자식 간의 돈독한 정까지 골고루 버무려 담근 김장김치가 차 트렁크에 가득히 실린다. 그 어떤 김장김치가 이보다 더 귀하고 아름다울까? 사랑이란 양념까지 곁들여서 담근 새빨간 김장김치는 세상에서 가장 고운 김치의 빛을 띠고 있다.
지금도, 눈 내리는 밤이면 군인들에게 항아리 속의 새빨간 김장김치를 인심 좋게 퍼 주시던 친정어머니의 모습과 자식 사랑의 마음과 형제애까지 양념 속에 넣어서 김장해 주시는 시어머님의 모습이 떠오른다. 사랑과 정이 담뿍 담긴 김장, 내년에도, 후년에도, 아니 오랜 세월이 흐른 뒤에도 내게 김장의 추억은 잊지 못할 소중한 추억으로 가슴속에 오래도록 자리할 것이다.

11

그리운 먹거리들

눈 내리는 추운 겨울밤, 깊은 잠을 자다 방바닥이 식을 때면, 이불을 끌어당겨 덮게 된다. 방바닥이 식을 때쯤이면, 얼마 안 있어서 다시 방바닥이 뜨끈뜨끈해진다. 아버지께서 늦은 밤, 자식들을 위해 주무시지 않고, 한 번 더 방에 군불을 때 주셨기 때문이다. 안방과 떨어져 있는 우리 집 작은방은 늘 편하고 따뜻했다. 그래서인지 친구들도 자주 와서 놀고 자고 갔다.

따뜻한 방에서 잘 자고 아침에 일어나면, 마당에서 부산하게 왔다 갔다 하시는 부모님의 움직이는 소리가 들린다. 따끈따끈한 방에서 푹 자고 일어날 때면, 벌써 부엌에서 아버지의 목소리가 들려온다.

"애들아, 그만 일어나 얼른 나와 봐라."

아버지는 얼른 부엌으로 들어오라며 손짓하신다. 형제들은 잠이 덜 깬 눈을 비비며 조르라니 부엌 바닥에 쪼그리고 앉는다. 아버지는 부지깽이로 아궁이에 재를 걷어내며 묻어 두었던 고구마와 감자, 군밤을 꺼내신다. 아침에 자식들이 일어나면 주시려고 아궁이에 익혀서 식지 않게, 뭉근히 재 속에 넣어 놓으신 것이다. 고구마와 감자, 군밤은 그 시절 한겨울에 먹는 훌륭한 간식이었다.

참새 새끼처럼 아버지께서 주시는 고구마 한 개씩을 "앗, 뜨거워"하면서 손에 들고 맛있게 먹었다. 부엌 아궁이에서는 김치와 콩나물을 넣은 콩나물국이 구수한 냄새를 풍기며 끓고 있었다. 겨울이면 우리 집에서 가장 많이 해 먹는 국인데, 그렇게 맛있을 수가 없었다. 언제부터인가 김치와 콩나물만으로도 충분히 맛있는 국에 느타리버섯을 넣어서 끓여 주셨다. 아랫동네에서 버섯을 키우는 곳이 있어 그곳에서 사 오셨다. 식구들이 버섯을 너무 맛있게 잘 먹자 한꺼번에 많이 사다 놓고 자주 끓여 주셨다.

어린 시절 자주 먹던 그 맛이 그리워서 김치와 콩나물, 느타리버섯을 넣고 자주 국을 끓인다. 하지만, 그때 그 맛을 내기가 어렵다. 그 시절 많이 먹은 느타리버섯을 지금도 무척 좋아한다. 특별한 양념이나 비법이 있었던 것도 아니었을 텐데 그 깊고 구수한 맛은 어디에서도 찾을 수가 없다. 어린 시절 어머니께서 끓여주시던 그 맛은 먹고 싶은 추억 속의 맛이 되어 버렸다.
한여름에는 부추와 호박을 송송 썰어 넣어 전을 부쳐 주셨다. 그때 전을 '부치기' 라고 불렀었는데 어머니는 드셔볼 새도 없이 부치기가 무섭게 동이 났다.
"부치기 해 먹을까?"
하시면 올망졸망 마당에 화덕 앞으로 모여들었다. 그때 집집마다 곤로가 있긴 했지만, 마당 화덕에서 음식을 많이 해 먹었다. 밥은 부엌에 걸려있는 가마솥에서 하고, 국은 마당에 있는 화덕에다 장작을 때서 끓여 먹었다. 마루 밑에는 아버지께서 쪼개 놓은 장작이 빈틈없이 가지런하게 꽉 채워져 있었다.
부모님은 상추도 무척 좋아하셨다. 아버지는 자주 고추장과 상추에 밥을 싸서 점심을 드셨다. 집 근처 텃밭에 다녀오실 때마다 양손에 상추를 가득 뜯어 오시곤 하셨다.
몸이 약하신 아버지께서 손수 된장찌개를 자주 끓여 주셨는데 그 맛이 일품이었다. 된장을 풀고 밭에서 따온 호박을 썰어 넣고, 두부를 넣고, 보글보글 끓인 아버지의 된장찌개는 온 가족 모두 좋아했다. 아버지는 밖에서 일을 많이 하는 엄마를 위해 부엌살림도 마다하지 않고 도와주셨다.
마당 한쪽에는 한겨울 땔감으로, 아버지께서 산에서 해 온 장작들이 가득했다. 산에서 나무를 말린 후, 도끼로 쪼개서 장작으로 만들어 마당 한쪽에 보관한다. 그 장작을 겨울에 아궁이에 때면 방구들이 뜨끈해지면서 방이 설설 끓었다. 우리 집 마당 한쪽에는 가지런하게 패 놓은 장작들이 차곡차곡 담처럼 쌓여 있었다. 또, 뒤꼍에도 산에서 해다 놓은 긴 나무들이 가지런히 장작이 될 순서를 기다리고 있었다. 워낙 손재주와 재주가 좋았던 아버지는 장작을 쌓아도 그림처럼 쌓아 놓으셨다. 어머니는 가끔

"저것 봐라. 아버지 솜씨 좀, 어쩌면 저리도 예쁘게 쌓아 놓았을까?"

부모님께 너무도 넘치는 사랑을 받고 웃음소리가 끊이지 않았던 고향집

하시며 흡족한 웃음을 지으셨다. 조금의 빈틈도 없이 차곡차곡 가지런하게 쌓아 놓은 장작은 집에 오시는 동네 어른들도 감탄하실 정도였다.

틈날 때마다 아버지는 지게를 지고 산에 올라 나무를 해 오셨다. 동그랗게 자른 커다란 나무를 받침으로 놓고 도끼로 나무를 쪼개 장작을 팼다. 머리와 이마에 송골송골 맺힌 땀방울을 목에 두른 수건으로 닦으시던 모습. 장작을 팰 때, 가까이 오면 다친다며 손을 내저으시던 모습, 그렇게 일하시다 배가 고프시면 따로 상을 차리지도 않고, 조그만 냄비에 된장찌개에 밥을 비벼 드시던 모습, 딸이 여럿 있어도 이런저런 심부름을 시키지 않았던 일, 모두 어제 일처럼 생생하다.

"이렇게 준비해 놔야 우리 새끼들 한겨울 따뜻하게 나지."

온몸이 땀에 흥건히 젖을 정도로 도끼로 장작을 패시면서도 한겨울 따뜻하게 날 자식들을 생각하시던 아버지. 그 마음을 생각하면 부모님께 너무도 넘치는 사랑을 받고 자란 것 같아 행복함과 감사함이 가득 밀려온다.

12

추억이 있다는 것에 대하여

어머니는 가끔 어린 나이에 고향 한동네에서 아버지를 만났다는 말씀을 자주 하셨다. 어머니는 당시 지주의 딸이었고, 부모님께서는 가난하게 홀로 자란 아버지와의 결혼을 반대하셨다고 했다. 그러나 두 분의 사랑은 충청도 고향을 떠나올 만큼 크셨고, 결국 강원도 산골에서 농사를 지으며 사셨다고 했다. 지금 생각하면 타향에서 그 시절 두 분이 겪으셨을 고생을 생각하면 가슴이 아프다.

내가 처음 운천이라는 곳에 도착했을 때 생전 처음 보았던 불빛, 태어나서 처음 신어보는 아버지가 사 주신 빨간 양말. 강원도 산골 소녀의 눈에 비친 환한 불빛은 신기함 그 자체였다.

어린 시절 이곳저곳 이사도 많이 다녔다. 큰 방 하나에 부엌, 마루와 작은 마당이 있는 집을 처음 샀을 때가 생각난다. 그때 좋아하셨던 부모님의 모습은 지금도 생생하게 떠오른다. 마당에 펌프도 없던 시절, 윗동네 우물에서 물을 길어다 먹던 시절, 물지게를 지고 물을 길어오던 언니의 모습도 어렴풋이 떠오른다.
어려서 제대로 드시지 못해, 약하고 건강이 좋지 않았던 아버지를 대신해, 억척스러운 삶을 살아야 했던 어머니. 생활력이 강한 어머니를 여장군이라고 부르기도 했다. 노래와 춤, 막걸리, 풍류도 좋아했던 어머니. 입에서 한처럼 흘러나왔던 노래는 어쩌면, 그 시절 어머니의 가장 많은 위안을 주는 친구였을지도 모른다.
지금도 너무 가슴이 아픈 건 마지막 인사도 못 나누고 너무 갑자기 황망하게 어머니를 보내 드린 일이다. 당시 어렸던 아들도 가장 충격적인 일을 외할머니가 돌아가신 일이라고 말했다. 아버지께서 일찍 가셔서 어머니는 장수하실 것으로 생각하고 있었다.
어머니 제사가 추석날이다. 코로나로 인해 두 해째 어머니 제사에 참석하지 못했다. 어려운 시절, 육 남매를 키우기가 얼마나 힘들고 고단하셨을까?
"저희 남매 이렇게 잘 키워 주셔서 감사합니다. 아주 많이 힘드셨죠? 이렇게 마음을 나누고 의지하며 살 수 있는 형제를 낳아 주셔서 감사합니다."

제사 때 모이면 술 한 잔 기울이며 부모님을 추억하고 지난 일을 이야기한다. 서로 기억나는 부모님과의 추억을 이야기하며 울고 웃는다. 가물가물하던 형제들과의 추억도 이야기하다 보면 생생한 기억으로 살아 나온다. 평생 고생하셨으니 말년엔 조금이라도 좋은 시절을 사셨어야 하는데, 그렇게 해 드리지 못해 여전히 가슴이 아프다.

술 한잔 올리며 언니들은 이렇게 이야기한다.

"아부지, 한평생 고생 많으셨어요."

"우리 곽 여사님, 고생 많으셨어요"

"그곳에선 아프지 마시고 이승에서 못다 한 정 많이 나누시면서 알콩달콩 사세요."

"이렇게 건강하게 낳아 주시고 잘 키워주셔서, 우리 남매는 다들 건강하고 행복하게 잘 지내요. 부모님은 우리 키우실 때 허리 휘셨는데, 우린 형제가 많으니 의지하며 살고 좋기만 하네요. 고마워요. 엄마, 아버지."

어려움과 힘겨움이 늘 함께 한 시절이었지만, 고향에서의 추억은 내겐 값진 추억이고 재산이다. 그 어떤 기억보다 의미 있고 소중하다. 너무 좋은 부모님의 자식으로 태어난 것도 큰 축복이라고 생각한다. 거기다가 넘치는 사랑까지 받았으니 더 바랄 게 없다. 혹여 외로울까 의지하고 살 수 있게 형제들도 많이 낳아 주시고, 부모님과 함께 한 행복한 추억도 많이 만들어 주셨으니 그 이상 무엇을 더 바랄까?

"형제간에 우애 있게 잘 살아야 한다, 밤톨 같은 내 새끼들."

아버지의 마지막 유언이 결코, 헛되지 않게 살아가고 있다. 이제 남은 삶, 부모님께서 열심히 살았던 것처럼 헛되지 않고 의미 있게 살 것이다. 그것이 낳아 주시고 길러 주신 부모님의 은혜에 보답하는 길이라고 생각한다.

나중에 세월이 흘러 우리 가족이 모두 만난다면, 할 말이 너무 많을 것 같다. 다 하지 못한 그 많은 이야기를 어디서부터 어떻게 풀어놓을까? 아름답고 좋은 이야기만 들려 드리고 싶다. 환히 웃으실 수 있도록, 그렇게 될 수 있도록 고운 삶을 살 수 있도록 노력할 것이다.

"어머니, 아버지, 지켜봐 주세요. 사랑합니다."

Epilogue
에필로그

"앞으로 남은 내 인생을 위하여"

내 유년시절의 모든 추억이 가득한 고향을 떠나온 지 오래되었다. 그리움을 가슴에 담고서 타향에 산지도 많은 시간이 흘렀다. 고향을 생각하면 가슴 한쪽이 아려온다. 고향에서 머물던 내 소중한 기억들이 대부분 사라지고, 그나마도 아련한 추억으로 남아있다는 사실에 가끔은 울컥 눈물이 난다.

하지만, 한 해 두 해 나이를 먹고, 삶의 겸손함을 배워가면서 알게 되었다. 잠시 떠나온 것이지, 나의 영혼은 아직 나의 고향, 그곳에서 모든 것과 함께 하고 있다는 것을. 결코 외롭게 살고 있는 것이 아니라는 것을.

아버지, 어머니, 형제자매, 고향집, 마당의 평상, 대문, 봉숭아, 뒷뜰의 앵두나무, 골목길, 개울, 대문을 지키던 삽살개…. 많은 시간이 흘렀지만, 마음은 여전히 고향의 그리운 것을 만난다.

어느 해, 부모님 산소를 찾았다가 고향 동네를 찾아갔다. 내 고향 집은 대문, 담장은 바뀌었지만, 옛날 모습 그대로 그 자리에 남아있었다. 차마 안으로는 들어가지 못하고 담장에서 집안을 바라보았다. 짧은 시간이었지만, 어린 시절의 모든 것들은 여전히 그 집에서 살고 있었다.

마당에서 장작을 패시고, 한 겨울밤 자식들 추울까 봐, 늦은 밤에도 넉넉하게 군불을 때 주시던 아버지, 봄나물을 다듬으시며 콧노래를 부르시던 어머니, 왁자지껄 웃고 장난하는 육 남매, 평상 위에 앉아 달빛 아래서 다슬기를 까먹던 우리 가족들. 모두 떠나지 않고 고향 집을 지키면서 살고 있었다.

"잘 살아야 한다, 밤톨 같은 내 새끼들"

아버지의 마지막 유언으로 가득 채웠던 작은 사랑채, 문을 열고 들어가면 그 목소리가 들려올 것만 같았다.

"밤톨 같은 육 남매 잘살고 있어요. 부모님도 그곳에서 평안하게 잘 지내시지요?"

고향 집을 뒤로하고 돌아서는 발길이 쉽게 떨어지지 않았다. 어디선가 금방이라도 내 이름을 부르는 소리가 들릴 것 같았다.

시간이 흘러 지나간 세월에 안부를 묻고 있지만, 지나간 세월 속에서 나는 여전히 살아있다. 나는 오래도록 나를 추억에 잠기게 하며 살고 싶다. 그 추억 속에서 또 다른 행복을 엮어가며 사는 삶, 그 속에서 나는 잔잔한 행복을 느끼며 살아가고 있다.

"엄마, 아부지와
여기 걱정일랑 하지 말아라.
느그들만 잘 살면 된다."

차가 보이지 않을 때까지
골목에 서서 손을 흔들어 주셨다.
그만 들어가시라고 손짓을 해도
계속 그 자리에 서서 손을 흔드셨다.
아버지께서 떠나신 후,
더 이상 골목길에 서 계시지 않는
아버지를 그리워했다.
형제들도 하나 같이 입을 모아 얘기했다.

"골목에 아버지가 서 계실 것 같아."